fünf*uhr*

neun*und*

zwanzig

Ein Vater, zwei Kinder, der Alltag.

Thomas Kodura

Verlag: BoD · Books on Demand GmbH, In de Tarpen 42, 22848 Norderstedt, bod@bod.de

Druck: Libri Plureos GmbH, Friedensallee 273, 22763 Hamburg

ISBN: 978-3-7693-5125-5

Inhalt

Vorwort

In den stillen Momenten, wenn der Trubel des Alltags für einen Augenblick verebbt, sitze ich oft da und denke über den Weg nach, der mir auferlegt wurde. Nicht ich habe ihn gewählt – der Tod meiner Frau hat ihn mir aufgezwungen. Ich bin alleinerziehender Vater von zwei kleinen Kindern, und mein Leben hat sich von einem Moment auf den anderen grundlegend verändert. Als beruflich Selbstständiger war ich es gewohnt, Herausforderungen zu meistern, aber nichts hat mich auf diese neue Aufgabe vorbereitet.

Doch dieses Buch handelt nicht vom Verlust, sondern von dem Leben, das danach kam – von den Blicken, die ich spüre, wenn ich mit meinen Kindern unterwegs bin. Es geht um die Blicke des Mitleids, des Erstaunens, die unausgesprochenen Fragen und die Klischees, die mich oft begleiten: „Wie schafft er das?", „Was bedeutet es, als Mann allein zwei Kinder großzuziehen?" Es geht um die Erwartungen, die Zweifel und die unausgesprochenen Gedanken der Menschen um mich herum.

Vor allem aber geht es um die Liebe. Eine Liebe, die weit über das hinausgeht, was die Gesellschaft in Rollenbildern festhalten möchte. Es ist die Liebe, die mich antreibt, die mich stark macht, wenn ich mich schwach fühle, und die mich lächeln lässt, wenn die Last des Alltags schwer auf meinen Schultern liegt.

Eigentlich hatte ich nie vor, ein Buch zu schreiben. Ich bin kein Autor, und als alleinerziehender Vater fehlt mir oft die Zeit für

Dinge, die über den Alltag hinausgehen. Doch das Leben führt einen manchmal an unerwartete Orte.

Als meine Frau plötzlich verstarb, brach meine Welt zusammen. Ich zog mich zurück, wollte niemanden sehen oder sprechen. Ich schloss mich mit meinen Kindern ein, in der Hoffnung, wenigstens ihnen etwas Normalität bewahren zu können, während ich selbst kaum noch funktionierte. Meine Trauer fühlte sich überwältigend an – wie eine dunkle Wolke, die nicht weichen wollte. Ich fühlte mich allein, verlassen, obwohl meine Familie und einige Freunde da waren und versuchten, für mich da zu sein.

Doch nicht alle waren da. Es gab Spannungen, unberechtigte Vorwürfe, schmerzhafte Beschuldigungen. All das zog mich noch weiter zurück. Tagsüber funktionierte ich – für die Kinder, für den Alltag. Aber abends, wenn das Haus still wurde, kam die Einsamkeit. Es gab Momente, in denen ich mein Leben infrage stellte und dachte, die Last würde mich erdrücken.

In dieser Zeit begann ich zu schreiben. Ohne Plan, ohne Ziel. Ich schrieb einfach auf, was mich beschäftigte – auf Zetteln, in Notizbüchern, am Laptop. Es war chaotisch, aber es war befreiend. Das Schreiben wurde mein Ventil. Niemand widersprach, niemand tröstete, niemand gab ungebetene Ratschläge. Es war nur ich und das Papier – und das tat gut.

Nie hätte ich gedacht, diese Notizen jemals zu veröffentlichen.Sie waren nur für mich. Irgendwann erzählte ich einer Freundin davon, und sie ermutigte mich, das Geschriebene zu ordnen, zu überarbeiten und daraus ein Manuskript zu machen. Meine ursprüngliche Idee war, es eines Tages meinen Kindern zu geben. Damit sie, wenn sie älter sind, verstehen, was damals passiert ist und wie ich versucht habe, unser Leben wieder aufzubauen.

Ich habe vieles ausgelassen, Namen entfernt und mich bemüht, niemanden zu verurteilen. Auch wenn manche Dinge damals unaussprechlich verletzend waren, weiß ich heute, dass viele Handlungen aus der Trauer heraus entstanden sind. Dieses Buch soll kein Pranger sein, sondern ein ehrlicher Einblick in das, was Verlust und Neubeginn bedeuten können.

Ich habe zwei Jahre überlegt, ob ich dieses Buch veröffentlichen soll. Es zeigt eine Seite von mir, die viele nicht kennen. Es legt meine tiefsten Zweifel offen, die dunklen Gedanken, die mich oft begleiten. In gewisser Weise ist es ein Seelenstriptease, ein mutiger Schritt, mich so zu zeigen, wie ich bin – mit all meinen Schwächen und Ängsten. Doch es geht nicht darum, mich in den Vordergrund zu stellen. Ich möchte sensibilisieren und vielleicht den einen oder anderen ermutigen. Denn wenn man glaubt, etwas sei unmöglich, kann man aus meiner Geschichte das Gegenteil herauslesen.

Manche meiner Freunde nennen mich einen „Macher". Doch hinter dieser Fassade liegt auch Zerbrechlichkeit, Unsicherheit und die immerwährende Frage, ob ich all dem gewachsen bin. Aber genau in diesen Momenten der Zweifel findet man oft neue Stärke.

Dieses Buch ist für all jene, die glauben, dass Väter nur am Rande des Lebens ihrer Kinder stehen. Für diejenigen, die sich fragen, wie ein Mann in dieser Rolle seinen Platz finden kann. Und für jeden, der den Mut hat, die Erwartungen der Gesellschaft infrage zu stellen und die Vielfalt von Liebe und Fürsorge zu erkennen.

Vor allem aber ist dieses Buch ein Schritt, mich zu öffnen – meine Trauer zu verarbeiten und die Welt ein kleines Stück mehr verstehen zu lassen, was damals wirklich in mir vorging.

Ich lade Dich ein, diese Reise mit mir zu gehen – eine Reise voller Herausforderungen, Überraschungen und vor allem voller Mut und Hoffnung.

Dieses Buch ist ein Teil von mir.

Ein ganz normaler Morgen

6:00 Uhr, der Wecker klingelt, ich schalte ihn aus, aber nur mit dem Wissen, dass er in 5 Minuten noch einmal klingeln wird – 5 Minuten können so kostbar und entspannend sein. Ich genieße diese sehr! Um 6:05 Uhr ertönt der zweite Klingelton und jetzt geht es los: aufstehen, duschen, ein Kaffee und wieder habe ich ca. 10 Minuten für mich. Ich sitze auf dem Sofa am Küchentisch und schaue mir den gestrigen Tag im Kalender an. Habe ich an alles gedacht? Habe ich etwas nicht erledigt, was heute Priorität hat? Dann werfe ich einen Blick auf den heutigen Tag. Es ist Montag, das bedeutet, heute brauchen beide Kinder Frühstück für die Schule und den Kindergarten. Elisa hat Ballett, also muss ich früher aus dem Büro...

Und schon ist es 6:30 Uhr, meine Me-Time (so nenne ich sie) ist vorbei. Kinder wecken, anziehen, Frühstück vorbereiten, Spülmaschine ausräumen, Waschmaschine ausräumen und alles in den Trockner umlagern, Zähne putzen, anziehen und ab aus dem Haus. In der Garage noch ein kurzer Rückblick, ob alles erledigt und alles mitgenommen wurde – Balletttasche vergessen, noch einmal zurück ins Haus. Jetzt ist alles gepackt und der Tag kann starten... Ich fahre meinen Sohn zur Schule, meine Tochter in den Kindergarten und dann ab ins Büro.

Momente der Reflexion

Während ich allein im Auto auf dem Weg ins Büro bin, denke ich nach und frage mich, wie der Morgen verlaufen wäre, wenn ich nicht alles allein organisieren müsste. Zugegeben, es gibt Tage, an denen mir alles zu viel ist, aber die sind selten. Ich lasse keine Schwäche zu und habe mich zwischenzeitlich an das tägliche Pensum gewöhnt. Obwohl es chaotisch klingt, ist es sehr geregelt. Ich kann von mir behaupten, dass ich gut organisiert bin, und unsere Kinder machen das toll. Wir sind sehr routiniert. Aber nicht jeder Morgen ist gleich, auch mir geht es manchmal nicht gut, ich fühle mich erschöpft oder bin einfach müde. Schwäche, eine Auszeit, 10 Minuten länger mit dem Kaffee kann ich mir nicht erlauben, sonst wird es hektisch, und das tut den Kindern und auch mir nicht gut.

Das Leben nach dem Verlust

Es sind über 4 Jahre vergangen, seit meine Frau verstorben ist. Seit mehr als 4 Jahren bin ich alleine – nicht wirklich alleine, denn ich habe zwei fantastische Kinder – aber doch allein. Allein in der Verantwortung, allein bei jeder Entscheidung, allein an vielen Abenden. Ich habe mich daran gewöhnt, und zwischenzeitlich weiß ich manchmal nicht mehr, wie es war oder wäre, wenn meine Frau noch da wäre. Ich habe mich mit meiner Situation abgefunden, ich habe mein neues Leben akzeptiert, ich kenne meine Stellung zu Hause, im Freundeskreis und in der Gesellschaft. Ich habe meine Erwartungen an mein neues, mir durch das Schicksal aufgezwungenes Leben angepasst. Ich denke, in dieser Hinsicht vermisse ich nichts. Jedoch vermisse ich meine Frau sehr. Selbst nach über 4 Jahren fühle ich sie und bin mit ihr sehr verbunden. Obwohl ich kein spiritueller Mensch bin, schöpfe ich Kraft aus dem Gedanken, dass sie da ist. An vielen Tagen habe ich das Gefühl, dass sie noch nicht gegangen ist. Ich weiß, dass es so nicht ist, aber ich glaube, ich will sie noch nicht gehen lassen. Es gibt Tage, an denen ich nicht mehr weiter weiß und die Gefahr besteht, in ein Loch zu fallen, aber dann denke ich an sie und habe das Gefühl, dass sie mir sagt: "Hey, das darfst du nicht, ich sende dir eine Umarmung, du machst das toll, ich bin stolz auf dich"... Ja, es hört sich komisch an, aber für mich ist es gut und irgendwie auch eine kleine Hilfe.

Die neue Normalität

Mein Name ist Thomas Kodura, und ich möchte gerne meine Geschichte erzählen. Ich möchte einen Einblick in mein Leben geben, erzählen, wie ich den Spagat zwischen Papa, Hausmann und meiner Selbstständigkeit hinbekomme. Denn obwohl es schwer ist, ist es machbar.

Kathrin

Meine Geschichte, die mich dazu bewegt hat, diese Buch zu schreiben, beginnt am 06.06.2019 und handelt von einem unvorhersehbaren Schicksalsschlag. In meinem ersten Kapitel hier möchte ich Dir nun von Kathrin erzählen und wie wir uns kennen gelernt haben, denn unsere gemeinsame Geschichte begann natürlich viel früher.

In unseren jungen Jahren waren wir zwei Studenten, die einen Aushilfsjob in einem Modehaus hatten. Es kam hin und wieder nur zu kurzen Begegnungen durch Zufall. So streiften wir immer wieder aneinander vorbei, ohne weiter von dem Anderen Notiz zu nehmen. Dieses Modehaus war recht überschaubar und so kreuzten sich unsere Wege dann doch und für einen kurzen magischen Moment war die Luft elektrisiert und wir standen unter Strom. Mir ging das zumindest so. Ich fand Kathrin von Tag eins, als ich sie das erste Mal sah, großartig. Es ist einfach phänomenal, welche magische Wirkung sie auf mein Leben hatte und immer noch hat.

Kennengelernt hatten wir uns auch schon 2004, ein Paar wurden wir aber erst zwei Jahre später. Sie hatte das gewisse Etwas, was sie zu einem ganz besonderen Menschen machte. Es war irgendwie eine geheimnisvolle und spannende Aura, die sie umgab. Ich erinnere mich gerne noch an den Moment unserer ersten richtigen Begegnung zurück. Für die Abschlussfeier meines Studiums hatte ich ein Hemd und eine Krawatte ausgesucht. Als die Präsentation davon bevorstand, war sie durch Zufall in unmittelbarer

Nähe und so sprach ich sie an und fragte sie nach ihrer Meinung. Als so unser „Erstkontakt" vonstattengegangen war, ging eigentlich alles ziemlich schnell. Wir sind dann bald mit ein paar Freunden und Kollegen, auch aus dem Modehaus, zusammen feiern gegangen. Der Abend glühte und fast schon kitschig lag die Romantik vorprogrammiert in der Luft. Es sollte wohl alles so passieren. Ich erinnere mich noch genau, sie stellte sich dann einfach irgendwann im Laufe des Abends auf die Zehnspitzen vor mich und hat mich geküsst. Das war am 02. August 2006.

Und schwupps waren wir ein Paar, es fing perfekt an und die Art und Weise, wie wir beide zusammen die Zeit verbrachten und es liebten einfach nur zu sein, war, um es noch einmal zu schreiben – perfekt! Wir waren glücklich!

Von Anfang an hatte es irgendwie diesen magischen Zauber „Liebe" zwischen uns beiden. Dieser Zauber hielt an und da wir uns sicher waren, zogen wir zwei Monate später auch direkt zusammen. Wir haben uns nicht getäuscht und das Leben offenbarte uns ab da großartige Momente. Es hat von Anhieb an gepasst. Wir führten eine tolle Beziehung mit- und zueinander auf Augenhöhe. 2011 machte ich ihr dann den Heiratsantrag, schließlich gehört das ja zu einem klassischen Pärchenleben dazu. Sie sagte sofort ja und machte mich damit zu einem der glücklichsten Menschen. Die Hochzeit kam allerdings dann erst ein paar Jahre später, 2017.

Wir konnten uns anfangs einfach nicht einigen, was die Ausmaße der Fest- und Feierlichkeiten anging. Kathrin wollte eine kleine Hochzeit und ich halt eine mit allem Drum und Dran, was so dazu gehört. Kathrin hatte Angst davor, so groß im Rampenlicht zu feiern und somit auch im Mittelpunkt zu stehen. Ich weiß noch, wie sie sagte: „Oh Gott, nein das ist nichts für mich!" Mit dieser sympathischen Näckigkeit im Unterton in Ihrer Stimme mit der sie mich immer wieder aufs Neue verzauberte. Aber es kam dann doch zu einer großen Hochzeit, die wir beide sehr genossen haben. Allerdings erst sechs Jahre später, aber das war halt, was uns ausmachte – wir nahmen uns die Zeit, die es brauchte.

Ich trage meinen Ehering tageweise bis heute, da ich mich immer noch mit Kathrin verheiratet fühle. Sie war einfach der eine gewisse Mensch, mit dem ich mich im Geiste verbunden gefühlt habe. Einige der Menschen in meinem nächsten Umfeld können diese Geste nicht nachvollziehen. Sie sagen mir: „Tom, meinst du nicht es ist langsam an der Zeit den Ring jetzt mal langsam abzulegen?" Nun, sie müssen es nicht verstehen.

Auch waren wir damals in unserem Bekanntenkreis schon als das kinderlose Paar abgestempelt, was auch einige vielleicht nicht verstanden haben. Aber nochmal, sie müssen es nicht verstehen. Denn wir lebten nicht für das Außen, sondern für uns Aber als die Kinder dann kamen, waren wir sofort vernarrt in diese kleinen Menschen. Trotz ihrer neuen Rolle als Mutter ist Kathrin nie zu jemandem geworden, der ausschließlich Mutter war. Das habe ich immer sehr bewundert. Kathrin blieb die Frau, die sich gerne schminkt, ihre Haare zurechtmacht und hohe Schuhe trägt. Gleichzeitig hat sie sich in ihrer neuen Rolle als Mutter auch weiterentwickelt. Sie ist jetzt schließlich Mutter und auch wenn sie verstorben ist, wird sie auf ewig die Mutter meiner Kinder bleiben. Nun ist sie es eben aus der Ferne und beobachtet aus dem Himmel oder von wo auch immer.

Es ist eine sehr schöne Erinnerung, und wenn ich so unser damaliges Verhalten betrachte, ist es schon fast ein bisschen durchgeknallt: Wir saßen abends am Babybett und haben jede noch so kleine Regung des kleinen Alexander kommentiert. Ich weiß es noch genau Aussagen wie: „Oh guck mal, er hat seine Hand bewegt!" oder „Oh und jetzt hat er gelächelt." Und so weiter. Ich muss mich jetzt direkt bremsen, dass ich nicht weiter ins Schwärmen komme und somit in den nächsten Zeilen zu viel über unsere Kinder berichte. Ihnen habe ich ein eigenes Kapitel gewidmet, das weiter hinten im Buch steht. Bevor ich Dir nun von meinen Alltagsroutinen berichte und meine Gedankengänge mit Dir teile, wie es ohne Partnerin ist, möchte ich Dir noch erzählen, was Kathrin genau passiert ist.

Es sind Fragen, die mich bis heute und wahrscheinlich mein Leben lang beschäftigen werden. Ich kann und werde es nicht verstehen können, wie so etwas möglich ist.

Ich meine wir Menschen befinden uns mittlerweile im 21. Jahrhundert und können unglaubliche Dinge vollbringen. Wie kann es also passieren, dass die Schulmedizin so an ihre Grenzen stößt? Ich möchte an dieser Stelle niemanden persönlich angreifen, da ich hoffe, dass alles Menschenmögliche getan wurde, um meiner Frau zu helfen. Kathrin war immer ein kerngesunder Mensch und klagte aber des Öfteren über Nacken- und Kopfschmerzen. Das ist jetzt erstmal nichts Ungewöhnliches und ist sehr vielen Menschen nicht unbekannt. Sie hatte sich in der Hinsicht auch nie untersuchen lassen, da Migräne in unserer Gesellschaft weitverbreitet ist und als moderne Volkskrankheit schon fast dazu gehört.

Trotzdem bin ich fassungslos und kann es nicht verstehen, dass ein Aneurysma im Gehirn bei einer Fachuntersuchung im Krankenhaus bei einem CT unentdeckt bleibt. Falls jemand nicht weiß, was das ist, es handelt sich hierbei um die krankhafte Erweiterung der Wand eines Blutgefäßes. Aneurysmen treten meist an den Verzweigungsstellen der großen Hirnarterien auf. Es bildet sich ein Riss in der Arterie, aus dem Blut herausfließt, was aber bei Kathrin erst unauffällig war und somit nicht entdeckt wurde. Zwar stellten die Ärzte bei der Einlieferung ins Krankenhaus eine Unterversorgung des Gehirns fest, hielten es aber für eine verstopfte Arterie und gaben ihr einen Blutverdünner. Es ging ihr dann auch kurzzeitig besser und wir schrieben nachts noch einige WhatsApps. Am darauffolgenden Morgen ging es ihr aber direkt wieder schlechter, sodass ein MRT – Aufklärungsgespräch angesetzt wurde und bei diesem fiel sie dann ins Koma. Der Blutverdünner, den sie nachts im Krankenhaus erhalten hatte, war kontraproduktiv und nicht hilfreich – im Gegenteil, er hat das Ganze noch verschlimmert und die Hirnblutung begünstigt.

Was war da los? Ich bleibe immer noch heute zurück mit so vielen Fragen. Warum hat man das nicht gesehen? Es sind doch Fachärzte. Ein Fehler, der einem geliebten Menschen das Leben gekostet hat. Waren die Ärzte oder war der Arzt übermüdet und nicht mehr richtig in der Lage, eine professionelle Anamnese zu stellen? Ist das die Routine, nach der bei solchen Symptomen vorgegangen wird? Wie kann das sein? Ich stehe allein im Dunkeln und in dieser Sache wird mir niemand eine befriedigende Antwort geben können.

Ich bleibe bis heute zurück mit einem großen Fragezeichen. Ist das selbstverständlich, dass ich mich nun damit abfinden muss? Und werde ich je darüber hinwegkommen? Es gibt keinen Schuldigen, an den ich mich wenden könnte, um Rede und Antwort einzufordern. Ich muss mich wohl oder übel damit abfinden. Diese Fassungslosigkeit und den Schmerz, der erst einmal nicht aufgefangen werden konnte, musste ich erstmal verdauen. Es hat für mich bis heute gebraucht, bis ich jetzt heute so abrupt schreiben kann, alles was bleibt ist: Dankbarkeit.

Dankbar sein zu können, für die kostbare Zeit, die ich mit ihr haben durfte. Zeit mit einem Menschen verbracht zu haben, den ich so sehr geliebt habe! Es ist nämlich nicht selbstverständlich so eine zufriedenstellende Partnerschaft mit einem anderen Menschen überhaupt genießen zu können. Die ganzen Selbstverständlichkeiten, die wir alle in einer Beziehung genießen, sind nämlich alles andere als selbstverständlich. Man merkt erst, wie stark man diese Momente vermisst, wenn dieses Normale in „Anführungszeichen" nicht mehr da ist. Liebe, das sind doch schließlich auch all die kleinen Gesten, die wir gerne für unseren Partner machen, damit dieser sich freut und man sich gemeinsam daran erfreuen kann. Und dann funktioniert das nicht mehr, weil er weg ist.

Dieses sogenannte innere Feuer, was entfacht wird durch den jeweiligen Anderen. Dieses Feuer flackert erneut in mir auf, wenn ich jetzt so meinen Ehering betrachte. Ich habe alles richtig gemacht. Ich habe die Frau, die ich wirklich liebte, geheiratet und zwei so unglaublich tolle Kinder mit ihr gemeinsam gezeugt. Diese Dankbarkeit wird uns auf ewig vereinen.

Und unsere Ehe generell? Nun wir führten eine eher lockere Ehe, natürlich war Treue das oberste Gebot, wir hingen halt nicht ständig nur aufeinander. Uns war es beiden sehr wichtig, dass jeder noch sein eigenes Leben lebte, dass halt einfach auch noch gab, ohne den Partner. Für uns war das ganz normal. Anfangs war ich unter der Woche nur am „jetseten". Bis zu meinem „Sturzflug". Ich hatte eine Panikattacke auf dem Rückflug zwischen China und Türkei. Als ich mir die Frage selbst stellte, ob das schon alles sein kann, wusste ich sofort die Antwort für mich. Nein! Ich wollte ein ruhigeres Leben und noch mehr ankommen. Und obwohl ich der stellvertretende Geschäftsführer einer gut laufenden Firma war, kündigte ich. Kathrin stand immer in meinen Entscheidungen hinter mir und hinterfragte auch nicht meine Entscheidung, mich dann selbstständig mit einem Online-Shop zu machen. Sie war eine vollständig selbstständige und emanzipierte Frau. Mit den Worten zu mir: „Wenn du's nicht packst, kein Problem! Ich verdiene mein eigenes Geld und kann für mich selbst sorgen."

Als dann Alexander zur Welt kam änderte sich das natürlich ein bisschen, denn sie sagte zu mir: „Du musst wissen Tom, du bist jetzt nicht mehr allein und hast eine große Verantwortung, der du gerecht werden musst!"

Wir waren ein großartiges Team. Sie stand immer hinter mir, und wenn ich schwach war, stellte sie sich vor mich. Genauso war es auch umgekehrt. Mit ihren gerade mal 1,59 m war sie eine echte Powerfrau. Es war vielleicht nicht typisch, aber es machte uns aus, dass wir unser eigenes Ding durchzogen, ohne uns von anderen beeinflussen zu lassen. Natürlich waren wir auch kritikfähig und hörten uns reflektiert an, was andere uns sagten. Doch irgendwann reichte uns das dann auch und wir zogen klipp und klar eine Grenze und sagten jetzt ist Schluss.

In unserer Beziehung herrschte der Futterneid. Dieser kleine Rosenkrieg kam stetig immer wieder mal auf. Natürlich sahen wir das Ganze mit einer großen Ladung Humor. Aber manchmal artete es halt auch aus. Jetzt denke ich gerne an die Autofahrten zurück, wenn wir Essen gingen und Kathrin schon während der Fahrt ihr Essen aussuchte. Das war auch unbedingt notwendig, denn Kathrin konnte stundenlang ihr Essen aussuchen. Aber ich war dahingehend schon vorbereitet und bestellte mir zu Beginn dann einfach gleich zwei Getränke. Wenn das Essen dann kam und meines dann auch noch besser aussah, fand sie immer irgendwelche Gründe, es mir vom Munde abzuschwatzen, sodass ich bereitwillig mit ihr tauschte. Kathrin hasste Zwiebeln. Und genau bei dem ersten Essen, an dem sie meine Mutter kennen lernte, suchte sie sich gründlich eine halbe Stunde lang eine Pizza aus, die dann gefühlt nur mit Zwiebeln belegt war. Ich weiß noch wie ihr quasi alles aus Gesicht gefallen ist. Bevor das Drama begann, tauschte ich schnell mit ihr die Pizzen, weil ihre ja so gut aussah. Kleinigkeiten, aber die doch eine große Wirkung hinterlassen.

So ein Satz wie: „Ich weiß, dass ich in dem Hochzeitskleid wie ein explodiertes Törtchen aussehe, aber ich find's ok", bleiben für immer im Gedächtnis hängen. Unvergessliche Worte, die mich fliegen lassen.

Ich kann gar nicht genau sagen, was uns so genau ausgemacht hat im Detail als Paar, ich glaube aber es war diese lockere Art und Weise, wie wir miteinander umzugehen pflegten. Sie hat bei mir nie etwas angekreidet oder auf etwas herumgehackt. Wenn ich eine Meinung hatte, dann kritisierte sie diese nicht sondern stand hinter meiner Entscheidung. So wie sich das doch eigentlich jeder wünscht in seiner Beziehung. Mit all ihren Ecken und Kanten, war sie dennoch so perfekt, perfekt für mich!

Es gibt leider auch diese grauen Tage, an denen die Sonne zwar scheint und ich glückliche Familien sehe, aber die Alltagsroutine nicht greift und mich das Erlebte plötzlich einholt. Dann fühlt es sich jedes Mal so an, als würde ich aus einem schlechten Traum erwachen, nur um festzustellen, dass die Realität unverändert bleibt. Der akute Schmerz des Verlustes tritt dann scharf hervor, fast unerträglich in seiner Intensität – doch zum Glück weiß ich, dass diese Wellen immer wieder vorübergehen. Wenn das geschieht, bin ich in der Lage, den Schmerz anzunehmen und ihn zu akzeptieren. Doch in den Stunden danach fühle ich mich abgeschirmt von der Außenwelt, wie in einer Art Blase. Nur meine Kinder schaffen es, mich aus dieser Ohnmacht herauszureißen.

Mehrere Jahre sind nun vergangen und sie fehlt mir immer noch so sehr, sodass es mir vorkommt, als wäre erst gestern der Tag gewesen, an dem sie von uns ging. Und kann ich überhaupt schreiben „von uns ging"? Schließlich hat sie sich ja nicht dazu entschieden zu gehen, sie hatte keine Wahl, sie wurde einfach dem Leben entrissen. Es ist einfach nicht fair. Sie war so ein lebensfroher und wundervoller Mensch. Die große Lücke, die entsteht, die sie zurücklässt, kann so niemand mehr füllen. Ich merke es an der Leere, die von jetzt auf gleich entstand. Sie fehlt!

Wenn auf einmal die Stille der Gesprächspartner ist, fallen einem sofort all die kleinen Dinge auf, die zuvor als selbstverständlich galten – und die nun plötzlich unersetzlich fehlen. Eine Erklärung ist wohl überflüssig, denn jeder weiß genau, welche kleinen, wundervollen Momente der Erheiterung und Glückseligkeit sich im Verborgenen und scheinbar Unsichtbaren, im glitzernden Zauber einer Beziehung, abspielen.

Sie war einfach eine großartige Frau, voller Charisma und so gutherzig, dass man ihr kaum etwas übelnehmen konnte. Natürlich gab es auch den einen oder anderen Streit, und es flogen manchmal die Fetzen, aber nach spätestens zwei Stunden war für sie alles wieder in Ordnung. Ich war da ein bisschen anders – der „Zickerich", der dann auch mal zwei Tage zum Schmollen brauchte. Doch so ist es eben mit Liebenden: Sie wissen genau, welche Knöpfe sie beim Partner drücken müssen, um ihn zur Explosion zu bringen – und ebenso, wie sie ihn mit ein, zwei liebevollen Worten wieder besänftigen können.

Wenn ich an diesen für mich einzigartigen Menschen denke, der leider viel zu früh von dieser Erde gerissen wurde, bleibt für mich nur die Dankbarkeit zurück! Ich danke dir, Kathrin, für die Zeit, die wir gemeinsam hatten. Auch hebe ich dich bewusst mit diesen Worten auf einen imaginären Thron, da du unseren Kindern in der kurzen Zeit nur, die sie mit dir haben durften, so viel Liebe für diese Welt mitgegeben hast. Mit deinem liebevollen und einfühlsamen Charakter, der die Dinge so sah, wie sie waren.

Wundervolle Erinnerungen können die Seele sanft streicheln und die Bilder besonderer Momente zurückbringen, die für immer bleiben. Diese Erinnerungen sind dauerhaft und können nicht genommen werden. Es ist wichtig, diese Gedanken zu bewahren, da sie individuell und einzigartig sind.

Es ist einfach nur unglaublich, ich schaue unsere Kinder an und sie erinnern mich tagtäglich an den Menschen, der der du warst und immer für mich sein wirst.

Ich möchte hier nochmals betonen, dass der Tod eines Menschen nicht zwangsläufig das Ende unserer Beziehung zu ihm bedeutet. Die kostbaren Momente der Erinnerung leben in uns weiter und beeinflussen maßgeblich, wie wir das menschliche Dasein erleben und gestalten. Es liegt an uns, wie wir diese Erinnerungen bewahren und in unser Leben integrieren.

Und niemand sollte jemandem vorschreiben, wie man mit seiner Trauer umgeht. Oft sind es nur die imaginären Schranken, die wir uns von anderen Menschen auferlegen lassen.

Es ist vollkommen in Ordnung, so zu sein, wie man denkt, wie man ist und wie man liebt. Das ist schließlich der Kern des Lebens: Dem Leben und den Menschen, die man liebt, auf authentische Weise zu begegnen. Alles andere wäre auf Dauer ungesund und könnte innerlich belasten.

Der Spruch „Wie innen, so außen" verdeutlicht, dass das innere Befinden einen direkten Einfluss auf das äußere Leben hat.

Der Ehering

Ich habe es in den vorangegangenen Seiten kurz schon erwähnt und möchte nochmal hier genauer darauf eingehen: An meiner Hand trage ich bis heute an manchen Tagen meinen Ehering, denn ich fühle mich weiterhin mit Kathrin verheiratet, auch wenn ich weiß, dass dies nicht mehr so ist. Ich empfinde jetzt trotz der Trauer, die in mir unermüdlich schlummert, und mal mehr und mal weniger aus mir herausbricht, tiefe Dankbarkeit. Ich bin dankbar für die gemeinsamen Jahre, die ich mit ihr erleben durfte. Denn mit der Zeit habe ich gelernt, mit dem Schmerz anders umzugehen.

Ich möchte an dieser Stelle deutlich machen, dass ich den Satz: „Die Zeit heilt alle Wunden!" – einfach bescheuert finde!

Es ist ein Irrglaube und wenn ich diesen blöden Satz mittlerweile höre, der mir so pauschal und ohne nachzudenken hingeworden wird, dann kommen mir Zweifel an der Empathiefähigkeit mancher Menschen.

Schließlich kann auch die voranschreitende Zeit einen geliebten Menschen nicht zurückbringen oder den Schmerz tilgen, der im Herzen zurückbleibt. Man lernt irgendwann, so hoffe ich zumindest, mit dem Schmerz in Einklang und Akzeptanz zu treten und der Einsamkeit zu entkommen. Das Leben ist schließlich zu 100% lebenswert, auch wenn die Dunkelheit der Gedanken manchmal noch so undurchdringlich erscheinen mag.

Die Wunden hören irgendwann auf zu bluten, doch die Narben, die sie hinterlassen, werden immer sichtbar bleiben.

Trotz aller Hindernisse finde ich in meinen Aufzeichnungen einen Weg, meine innige Verbundenheit zu dir, liebe Kathrin, in all ihrer Tiefe zu beschreiben und für die Ewigkeit in diesen Seiten einzufangen. Diese Verbindung ist mir so kostbar, dass ich sie nicht nur festhalten, sondern auch den Schmerz und den Verlust, den ich niemals verstehen oder akzeptieren werde, verarbeiten möchte.

Es ist an der Zeit, meine Gedanken und Gefühle in Worte zu fassen, auch wenn das bedeutet, mich dem unerträglichen Schmerz zu stellen und ihn in all seiner Intensität zu durchleben. Jeder Blick auf unseren Ehering erinnert mich schmerzlich daran, warum ich dieses Buch schreibe: für Dich, für uns, für unsere Geschichte. Dieser Prozess ist für mich ein verzweifelter Versuch, den Schmerz nicht zu verdrängen, sondern ihn aktiv zu erleben und zu verarbeiten – auch wenn ich weiß, dass ich ihn niemals vollständig verstehen oder akzeptieren werde. Während ich mit Leidenschaft und einer fast obsessiven Hingabe diese Worte niederschreibe, spüre ich den Schmerz in seiner ganzen Intensität. Doch gleichzeitig erfahre ich eine Art Befreiung und Erleichterung, wenn ich ihm Raum gebe, ihn in Worte fasse und so Stück für Stück durchlebe. Ich lasse den Schmerz nicht einfach los, sondern trage ihn wie eine schwere Last auf meinen Schultern – als ständige Erinnerung an das, was ich verloren habe.

Blicke ich zurück, erkenne ich mich selbst nicht wieder. Ich war wie sediert, funktionierte nur noch mechanisch – wie ein Roboter.

Das ist nicht, was Kathrin für mich gewollt hätte, und ich bin mir sicher, dass das niemand für uns will! Der Tod gehört nun mal leider zum Leben mit dazu und wir ha-ben es nicht in der Hand, wann er „zuschlägt".

Das müssen wir einfach akzeptieren.

Ich muss an dieser Stelle an das schöne Kinderbuch "Die Brüder Löwenherz" denken, in diesem erwachen die beiden Geschwister Krümel und Jonathan nach ihrem Tod in Nangijala und erleben in dieser Welt spannende Abenteuer. Eine kleine romantische und schöne Vorstellung für mich für ein Leben nach dem Tod.

Mein Kontakt zu dir

Ich bin froh, dass ich mein Ventil im Schreiben gefunden habe und so meine Gedanken und Empfindung in schriftlicher Form kommunizieren kann und damit auch mit dir, Kathrin. Den inneren Monolog, der so oder so in mir schlummert, kann ich wenigstens auf diese Weise in einen stummen Dialog umformulieren. Ich frage mich, was wäre, wenn du diese Zeilen lesen könntest. Sicher ist, dass einige deiner Kommentare mich zum Lachen bringen würden. Ich kann es mir richtig vorstellen, während ich so die Augen schließe, überkommt mich dabei augenblicklich ein leichter Hauch von Freude, der meine Augen feucht werden und meine Mundwinkel sich leicht nach oben heben lässt.

Jetzt, ein paar Jahre später, wo sich alles eingespielt hat und ich routinierter bin mit der großen Verantwortung, die ich allein stemmen muss, blicke ich zurück und erinnere mich an ein prägnantes Selbstgespräch, das ich noch klar vor Augen habe und das in etwa so klang:

„Uff, so viele Aufgaben Kathrin, ich muss jetzt Mama und Papa in einer Person sein, aber trotzdem bin ich doch nur Tom. Ich darf jetzt all das auffangen, was sonst du mit deiner Gelassenheit einfach so weggesteckt hast. Es ist viel, und des Öfteren nicht leicht, aber ich mobilisierte Kräfte, von denen ich nicht einmal gewusst habe, dass ich sie habe. Ja, unsere Familie ist ein wenig aus der klassischen Norm gefallen, doch sie ist dennoch nicht schlechter oder besser als andere es sind. Dass sage ich mir, Tag für Tag, und es gibt mir Kraft! Wir haben zwar das Defizit, dass du Kathrin, schon im Himmel bist, aber wir sind trotzdem irgendwie noch voll funktionstüchtig und kriegen das alles irgendwie gestemmt. Eine ganz normale Familie halt, voller Liebe und Geborgenheit! Ich kann dich nicht ersetzen, nicht denken, fühlen oder handeln wie du, aber ich gebe mir die größte Mühe, unsere Kids, so gut es geht, immer wieder aufs Neue hundertprozentig zufrieden zu stellen. Wenn ich ein manches Mal nicht weiter weiß, gehe ich in mich und überlege, wie wir es wohl gemeinsam gemacht hätten. Ich habe immer wieder vor Augen, wie es war, als wir noch alle gemeinsam waren. Ich erinnere mich sehr gerne an die Zeit, die wir als „klassische Familie" hatten."

Diese Erinnerung hat sich so in mein Gedächtnis gebrannt, dass ich sie Wort für Wort aufschreiben musste. Und nachdem ich es nun so aufgeschrieben habe, ist es für mich ein weiteres Mal so, als würde ich mit meiner verstorbenen Frau in irgendeiner Weise kommunizieren. Für manche mag das vielleicht unrealistisch erscheinen und auch komisch rüberkommen.
Ich merke, dass es eine tiefere Ebene gibt, auf der ich mich ihr ganz nahe fühle. Auch wenn ich selbst weiß, dass das nicht ganz rational ist, hilft mir dieses Gefühl. Es tut mir gut, und deshalb ist es mir egal, was andere darüber denken.

Die Zeit, als wir zu dritt und dann zu viert waren

Gerne denke ich zurück an die Zeit, als ich noch nicht allein war. Die Zeit, als wir zuerst zu zweit, dann zu dritt und schließlich zu viert waren. Diese Erinnerungen sind wie ein kostbarer Schatz, den ich in meinem Herzen trage – manchmal schwer und schmerzhaft, aber immer voller Wärme. Es war, als ob das Leben in einem natürlichen Fluss dahinrollte, und obwohl ich damals oft das Gefühl hatte, es sei bereits anstrengend genug, erkenne ich heute, wie mühelos und leicht die Dinge im Vergleich zu heute waren.

Ich erinnere mich an die unbeschwerten Abende mit Kathrin, an denen wir zusammen auf dem Sofa saßen, die Füße hochgelegt und eine Leichtigkeit gespürt haben. Wir haben zusammen gelacht, geplant und auch einfach mal in die Stille gehört. Damals war unsere Welt noch heil, und jeder Tag, auch wenn er voller Verpflichtungen war, schien in einem Takt zu gehen, den wir beide verstanden. Diese Balance, die wir hatten, war nichts, worüber wir nachdenken mussten – sie war selbstverständlich. Sie ergab sich aus dem Vertrauen, das wir ineinander hatten. Wir wussten einfach, dass wir uns aufeinander verlassen konnten. Kathrin und ich waren wie zwei Zahnräder, die nahtlos ineinandergriffen, um unsere kleine Welt am Laufen zu halten.

Ich sehe Kathrin immer noch vor mir, wie sie Alexander morgens mit einem sanften Lächeln begrüßte, ihm die Haare wuschelte und mit ihm zum Kindergarten fuhr, während ich mich in meine

Arbeit vertiefte. Ich erinnere mich an das sanfte Summen ihres Wagens, das sie zusammen auf den Weg brachte. Diese Rituale waren so fest in unser Leben eingebunden, dass ich sie fast als selbstverständlich ansah. Aber das waren sie nicht. Sie waren das Herzstück unserer Partnerschaft, dieser unsichtbare Faden, der uns durch die kleinen Momente des Alltags verband und uns Sicherheit gab.

Wenn ich abends nach Hause kam, war da oft schon der Duft von Essen in der Luft, oder die Kinder spielten friedlich im Wohnzimmer. Wir schuf ein Zuhause, das nicht nur funktionierte, sondern auch ein Ort des Rückzugs und der Liebe war. Ich erinnere mich an die vielen Wochenenden, an denen wir gemeinsam am Frühstückstisch saßen, die Kinder kichernd und voller Leben. Es war so einfach damals. Einfach, weil wir uns hatten.

Die Ausflüge, die wir zusammen unternahmen, fühlten sich an wie kleine Fluchten aus dem Alltag. Ob wir zusammen im Park waren, wo Alexander fröhlich umherlief, oder an einem See saßen, wo wir den Wind im Gesicht spürten – diese Momente waren reich an Leben, so tief mit Freude gefüllt, dass sie sich unauslöschlich in mein Gedächtnis gebrannt haben. Und als unsere Familie wuchs, als unser zweites Kind geboren wurde, erweiterte sich dieses Glück in einer Weise, die ich damals kaum fassen konnte.

Doch es waren auch die kleinen, stillen Momente, die mir so viel bedeuteten. Die Momente, in denen Kathrin mit den Kindern unterwegs war und ich eine Zeit nur für mich hatte. Ich konnte in Ruhe durchatmen, meine Gedanken ordnen, ohne ein schlechtes Gewissen zu haben. Diese Momente des Alleinseins waren ein Geschenk, das mir half, die Balance zu halten und Kraft für die kommenden Herausforderungen zu sammeln.

Heute ist alles anders. Es gibt keine geteilten Verantwortungen mehr, keine sanfte Hand, die mir unter die Arme greift. Mein Kopf ist voll von Listen, Aufgaben und Pflichten, und jeder Tag scheint ein nie enden wollender Marathon zu sein. Es gibt kaum Momente, in dem ich einfach nur sein kann. Alles lastet auf meinen Schultern, und manchmal, wenn die Kinder schlafen und das Haus still ist, fühle ich diese Schwere so deutlich, dass es fast körperlich weh tut.

Ich vermisse die Zeiten, in denen Kathrin und ich dieses Gewicht gemeinsam getragen haben, ohne dass wir darüber sprechen mussten. Ich vermisse ihr Lachen, ihre Berührungen, und vor allem vermisse ich das Wissen, dass ich nicht allein bin. Diese Sicherheit, die sie mir gab, war wie ein Anker, und jetzt, wo sie nicht mehr da ist, treibe ich oft auf einem Meer aus Verantwortung und Einsamkeit.

Rückblickend erkenne ich, wie schön diese Zeiten tatsächlich waren, wie erfüllt und voller Liebe unser Leben war, auch inmitten der alltäglichen Herausforderungen. Es tut weh zu wissen, dass ich diese Schönheit nicht immer bewusst wahrgenommen habe. Aber diese Erinnerungen sind nun mein Trost. Sie sind das Licht, das in den dunkelsten Momenten durchscheint und mich daran erinnert, dass es einmal eine Zeit gab, in der alles leichter war, weil ich es nicht allein durchstehen musste.

Diese Erinnerungen, so bittersüß sie auch sein mögen, sind das, was mich jeden Tag weitermachen lässt. Sie sind ein Zeichen dafür, dass Liebe, auch wenn sie nicht mehr körperlich präsent ist, in all den kleinen Momenten weiterlebt, die wir miteinander geteilt haben.

Mein Alltag alleine ohne dich

Generell führe ich vieles so fort, wie ich es mit meiner Frau angefangen habe, auch wenn einiges nicht so meins ist. Ich muss gerade an die Aktion Schultüte basteln im Kindergarten denken. Ich bin wirklich kein Fan vom Basteln, und ehrlich gesagt, hätte ich am liebsten einfach eine Schultüte gekauft. Aber dann denke ich an Alexander und wie sehr er es lieben wird. Er freut sich bestimmt riesig darüber. Und dann erinnere ich mich daran, dass sie es gemacht hätte, wenn sie hier wäre. Ich ertappe mich dabei und denke mir, puh das finde ich jetzt echt nervig und habe eigentlich gar keinen Bock darauf. Doch dann erinnere ich mich daran, dass Kathrin es mit voller Hingabe ausgeführt hätte und so springe ich automatisch über meinen Schatten und mach's einfach. Irgendwie ist das auch wieder eine Form der Verbundenheit und die Fortführung unseres gemeinsamen Plans, wodurch ich mich meiner Frau näher fühlen kann und was sich einfach richtig anfühlt, während ich es mache.

Denn verstorbene Menschen leben nur so lange weiter, wie wir sie auch in unserer Erinnerung weiterleben lassen!

Auch glaube ich, dass Eltern in ihren Kindern in einer gewissen Weise weiterleben. Kathrin begleitet meinen Alltag und den unserer Kinder weiterhin. Auch wenn sie persönlich nicht mehr anwesend ist, so merke ich doch ihre Anwesenheit im Dasein unserer Kinder. Wie mir das erstmals auffiel, hatte ich ganz schön mit meinen Gefühlen zu kämpfen, insbesondere als ich in Elisa Gesten von ihr erkennen konnte. Das ist so verrückt, auch wenn unsere Tochter doch noch so klein ist, ist sie ganz die Mama. Tagtäglich sehe ich also dich in unseren Kindern erstrahlen und stelle mir vor, wie du dabei bist und behütend, schützend deine Hände über sie hältst. Du begleitest uns, da bin ich mir ganz sicher, in welcher Form auch immer.

Die Schöpfung und die Reise der Seele sind derzeit wissenschaftlich noch nicht vollständig erklärbar und bleiben daher ein faszinierendes Mysterium. Obwohl diese Phänomene oft als übernatürlich oder unerklärlich betrachtet werden, sollten sie nicht entromantisiert werden. Wir gestalten unsere eigene Realität durch unsere Vorstellungen und Überzeugungen. Diese Erkenntnis zeigt, dass es möglich ist, unser Leben positiv zu beeinflussen, wenn wir Vertrauen und Selbstbewusstsein in unsere Fähigkeiten setzen. So erlebe ich meinen Alltag und erfreue mich daran, dass meine Kinder diese positive Einstellung teilen. Unser Ziel ist es, eine persönliche Realität zu erschaffen, die möglichst frei von negativen Einflüssen von außen ist.

Hierfür ist mir meine und die gemeinsame Zeit mit meinen Kindern einfach zu kostbar, um es anders passieren zu lassen. Betrachtet man es genauer, macht es ja auch gar keinen Sinn es anders zu versuchen. Es ist eine Frage, die ich nur rhetorisch so in den Raum werfe und auf die ich nicht wirklich eine Antwort haben möchte, weil ich zum Glück schon für mich eine Antwort gefunden habe.

Trauer, wird es mal besser?

Nachdem nun einiges zu Kathrin gesagt habe, möchte ich die innere Welt betrachten, die sich seitdem entfaltet hat. Dieses Kapitel widmet sich der Trauer und dem oft mühevollen Prozess, Trost zu finden. Es wird aufgezeigt, wie sich die Traurigkeit in mir ausbreitete und wie sich dieser Zustand bisweilen fortsetzt. Die folgenden Seiten beschreiben die überwältigende Niedergeschlagenheit, die mich erfasste, und den Kampf, Lichtblicke und Trost inmitten dieser Dunkelheit zu entdecken.

Obwohl die Trauer mich tief belastete, gab es auch Momente, in denen ich Trost fand. Diese Momente, wenn auch selten, boten eine wertvolle Erleichterung und halfen mir, die schwere Last der Traurigkeit zu ertragen. Sie waren wie kleine Inseln des Lichtes, die es mir ermöglichten, die dunklen Gewässer der Trauer ein wenig leichter zu durchqueren.

Zusätzlich zu den inneren Kämpfen stellte ich fest, dass ich oft durch die emotionale Unachtsamkeit anderer Menschen weiter verletzt wurde. Diese wiederholte Unachtsamkeit verschärfte meine schon vorhandene Traurigkeit und führte zu weiteren emotionalen Schmerzen. Die mangelnde Sensibilität und Rücksichtnahme vonseiten meines Umfeldes trugen dazu bei, dass die Wunden der Trauer tiefer wurden und die Heilung erschwert wurde. Dazu später mehr.

Es soll hier nun meinerseits kein schwarz-weißes Denken skizziert werden. Auch wenn dies kurz so erscheinen mag. Denn, ich muss es unverblümt schreiben: es ist wirklich zum Kotzen! Wenn auf einmal gefühlt die ganze Welt um dich herum so glücklich ist und deine eigene einfach so und grundlos von jetzt auf gleich zusammenbricht und nicht mehr existiert.

Warum wird mir nicht die Wahl zu einer Entscheidung gelassen? Und warum gerade ich?

Fragen, auf die ich vielleicht nie eine Antwort bekommen werde.

Diese immens starken Gefühle der erstmal aussichtslos erscheinenden Hilflosigkeit, welche übergingen in Verzweiflung, Wut und dann wieder zurück in die Trauer und irgendwann sich erneut wieder in Ohnmacht verloren – waren mehr als nur erdrückend. Sie nahmen mir die Luft zum Atmen und auch den Sinn weiterzuleben noch zu erkennen war oft mehr als schwer. Ein Teufelskreis, dem ich erstmal entkommen musste. Aber wie?

Wenn der Partner verstirbt, wie in meinem Fall, und nur die Erinnerung an eine wundervolle gemeinsame Zeit zurückbleibt, ist das verdammt wenig. Verdammt wenig, um erneut Freude zu finden. Klar, die Zeit heilt alle Wunden, zumindest lässt sie diese nicht mehr bluten. Aber so einfach ist es nicht. Wenn der geliebte Mensch von Dir geht, mit dem Du das Glück auf Erden teiltest und aus Eurer Liebe Kinder entstanden sind – kommt man da mal nicht ebenso in den nächsten Monaten darüber hinweg. Die Freude über die gemeinsamen Kinder ist riesig, aber man sieht in ihnen auch immer wieder den gegangenen Lebenspartner, was nicht negativ gemeint ist.

Wie konntest du mich hier allein lassen?

Ich bin sauer auf die ganze Welt und auch auf dich, Kathrin!

Eine starke These, die ich hier aufstelle, aber es stimmt – zumindest für mich. Ich zweifle an allem und jedem, an mir selbst und auch an dem verstorbenen Menschen.

Es ist normal, zumindest normal für mich! Denn es gibt keine Anleitung zur richtigen Trauerbewältigung. Klar bin ich mir bewusst, dass niemand etwas dafür kann. Doch mit solch starken Gefühlen des Schmerzes, mit denen ich allein gelassen wurde, musste ich erstmal klarkommen. Wer ist der Schuldige? So blöd es klingt, aber das Einfachste ist erst einmal die Ablenkung. Es war fast so, als würde ich tun, als wäre nichts gewesen und verschließe die starken Schmerzen in einer imaginären Kugel, die ich erst wieder öffne, wenn der Rahmen es zulässt. Es gibt keinen Schuldigen! Versteh mich jetzt bitte nicht falsch, aber das Leben muss weiter gehen! Das möchte ich meinen Kindern und auch meiner gegangenen Partnerin zeigen können.

Ich durfte dann leider eine Menge schlechte Erfahrungen mit meinen Mitmenschen zu dem Thema Tod und Trauer machen und musste leider viele unangenehme Situationen durchleben. Jeden Tag wurde mir dadurch das Herz aufs Neue zerrissen. Was sollte ich nur tun? Wenn gefühlt deine Mitmenschen sich so verbiegen und durch ihre Unfähigkeit jedes Mal die Wunden des Schmerzes in dir erneut aufreißen. Es geht mir nicht darum, meine Wut auf die Unbeholfenheit meiner Mitmenschen loszuwerden. Nein im Gegenteil. Aus persönlicher Frustration heraus wurde traf ich die Entscheidung, Gedanken niederzuschreiben, die nicht nur anderen Betroffenen Unterstützung bieten, sondern diese auch tatsächlich erreichen werden.

Es gab Momente, in denen mir einfach die passenden Worte fehl-ten, um meine Gefühle auszudrücken. Diese Worte wären wich-tig gewesen, kamen jedoch nicht von meiner Seite. Es ist jedoch wichtig zu betonen, dass ich mich nicht wie ein zerbrechliches Porzellanpüppchen fühle, das bei der kleinsten Erschütterung zerbricht. Auch wenn ich mich manchmal so fühle, würde ich das niemals jemandem zeigen.

Ich habe festgestellt, dass das Leben manchmal ungerecht sein kann, und ich stehe dazu. Wut ist ein wesentlicher Bestandteil der Trauer, und im Rückblick scheint mir eine explosive Reaktion der implosiven vorzuziehen. Wenn der innere Schmerz einen zer-frisst und ich mich nicht an ihn heranwage, wird er mich wie eine Säure zersetzen.

Doch bleibt die Frage offen: Warum fällt es mir immer noch schwer, einen angemessenen Umgang mit meiner Gefühlswelt zu finden? Warum tun sich Menschen generell so schwer, den rich-tigen Weg zu ihren Emotionen zu entdecken?

Der Verlust eines geliebten Menschen hinterlässt tiefe Spuren und stellt das Leben auf den Kopf. In dieser herausfordernden Si-tuation habe ich mich entschlossen, Wege zu suchen, um mit dem Schmerz umzugehen und gleichzeitig meinen Kindern eine positive Perspektive zu vermitteln. Die Erfahrungen, die ich durchlebt habe, haben mir geholfen, neue Wege zu finden, um ihnen täglich ein Lächeln zu schenken. Es ist die größte Freude für mich, zu sehen, wofür ich lebe und warum ich jeden Tag mein Bestes gebe.

Meine Kinder, die aus der Liebe zwischen meiner Frau und mir entstanden sind, erinnern mich daran, wie kostbar das Leben ist. Es erfüllt mich mit Stolz und Dankbarkeit, ihnen in dieser schwierigen Zeit eine Sichtweise zu vermitteln, die ihnen sowohl Antworten auf ihre Fragen als auch Geborgenheit bietet. Als alleinerziehender Vater stehe ich vor der Herausforderung, die Rollen von Vater und Mutter zugleich zu übernehmen. Ich sehe es als meine Aufgabe, ihnen Halt und Orientierung zu geben.

Ich habe mich dieser Herausforderung gestellt und bin stolz darauf, wie ich Haushalt und Beruf miteinander vereine. In unserer neuen Nachbarschaft wurde ich anfangs als eine Art Besonderheit wahrgenommen, da wir gerade erst in die Gegend gezogen waren. Doch es geht nicht um äußere Anerkennung, sondern darum, für meine Kinder da zu sein und ihnen den Halt zu geben, den sie brauchen.

Ich fand mich auf einmal in unangenehmen Situationen wieder, die mich irritierten.

Ich erinnere mich an eine Begegnung, die mich völlig unvorbereitet traf. Es war ein gewöhnlicher Nachmittag, und ich war gerade dabei, die letzten Einkäufe aus dem Auto zu holen, als eine ältere Frau aus der Nachbarschaft auf mich zukam. Wir hatten uns schon ein paar Mal flüchtig gesehen, doch heute hielt sie an, um ein Gespräch zu beginnen.

„Guten Tag," sagte sie freundlich mit einem fürsorglichen Lächeln. „Wie läuft es denn so, sind sie gut angekommen im neuen Haus. Kommen sie zurecht, allein mit den Kindern?"

Wir unterhielten uns eine Weile, und ich erzählte ihr, wie wir unseren Alltag meisterten. Alles schien normal, bis sie plötzlich einen Vorschlag machte, der mich unerwartet traf.

„Wissen Sie," begann sie, ihre Stimme von Mitgefühl durchdrungen, „wenn Sie möchten, kann ich für sie kochen und Ihnen das Essen vorbeibringen. Ich koche ohnehin immer zu viel."

Für einen Moment blieb die Zeit stehen. Ihre Worte hingen in der Luft, und ich spürte, wie sich ein Knoten in meinem Magen bildete. Die Geste war eindeutig gut gemeint, vielleicht sogar von Herzen. Doch es fühlte sich an, als ob sie mich in eine Schublade steckte, in die ich nicht gehörte. In ihrem Angebot schwang eine stille Annahme mit: ein alleinstehender Vater, überfordert und unfähig, die einfachsten Aufgaben des Alltags zu meistern – als ob das Kochen einer warmen Mahlzeit eine unüberwindbare Herausforderung wäre.

Ich rang innerlich mit meinen Gefühlen. War es Wut? Enttäuschung? Oder vielleicht eine tiefe Verletzung, die von der unausgesprochenen Annahme herrührte, dass ich als Mann automatisch weniger fähig sei? Die Realität war, dass ich seit Jahren allein für meine Kinder sorgte. Ich konnte kochen, und das nicht nur einfache Gerichte. Ich bemühte mich, meinen Kindern eine abwechslungsreiche und gesunde Ernährung zu bieten, so wie es jede Mutter oder jeder Vater tun würde.

„Das ist wirklich nett von Ihnen," antwortete ich schließlich, bemüht, meine Emotionen im Zaum zu halten. „Aber wir kommen ganz gut zurecht. Ich koche selbst sehr gerne und gut."

Sie nickte verständnisvoll, aber ich konnte den Ausdruck in ihren Augen nicht deuten. Es war, als ob sie noch etwas sagen wollte, sich aber zurückhielt. Wir verabschiedeten uns höflich, doch das Gespräch ließ mich nicht los. Es war ein weiterer Moment, in dem mir bewusst wurde, wie tief verwurzelt die Vorurteile gegenüber alleinerziehenden Vätern noch immer waren.

In dieser Begegnung spiegelte sich die Annahme wider, dass Männer nicht allein für ihre Kinder sorgen könnten, dass sie auf Unterstützung angewiesen seien. Dabei bedeutet „alleinerziehend" nicht, dass man hilflos oder unfähig ist. Es bedeutet, dass man stark ist, dass man die Herausforderungen annimmt und jeden Tag aufs Neue sein Bestes gibt – für seine Kinder, für seine Familie.

Diese Episode war ein bittersüßer Augenöffner für mich. Sie erinnerte mich daran, dass es noch ein weiter Weg ist, bis diese veralteten Rollenbilder überwunden sind. Und auch wenn die Frau es nur gut gemeint hatte, hinterließ ihr Angebot einen bitteren Nachgeschmack. Es war eine leise Erinnerung daran, dass wir, alleinerziehende Väter, oft unterschätzt und missverstanden werden.

In unserer neuen Umgebung fanden wir uns schnell zurecht. Gleichzeitig gab ich meiner Trauer einen neuen Namen. Anstatt sie als Belastung zu betrachten, erkannte ich, dass sie mir lange erhalten, bleiben würde. Ich entschied mich, sie umzuwandeln und als intensives Gefühl zu nutzen, das mich stärken sollte. Schließlich kann aus Schwäche auch Stärke erwachsen.

Es ist natürlich kein Allheilmittel, welches die Schmerzen wegzaubert, aber es ist ein Weg, um den Schmerz an dem Schopfe zu packen und ihm zu zeigen: „so nicht!"
Natürlich gelingt mir dies auch nicht immer und mir fehlt oft die Kraft es durchzustehen, aber es ist ok so.
Auch wenn ich nicht weiß, wieso. So weiß ich, dass es jetzt so ist, und ich damit leben muss.

Das Leben behandelt dich oft so, wie du dich selbst behandelst. Es zeigt sich hart, wenn du selbst zu dir hart bist. Natürlich gibt es Schicksalsschläge, die außerhalb unserer Kontrolle liegen. Diese können wir nicht vermeiden, aber wir haben Einfluss darauf, wie viel Raum wir ihnen geben, unser weiteres Leben zu bestimmen.
Eine Metapher, die mir diesbezüglich geholfen hat, stammt aus einer Geschichte über die wahre Bedeutung von Liebe. Diese Geschichte habe ich irgendwo gelesen, weiß aber nicht mehr wo. Dabei ging es um die Idee der selbstlosen Liebe, die besagt, dass man jemanden nicht liebt, um sich selbst einen Nutzen zu verschaffen, sondern einfach nur um seines Wohles willen. Das bedeutet konkret: Wenn du jemanden wirklich liebst, würdest du dich sogar freuen, wenn er sein Glück bei jemand anderem findet, wenn es ihm dort besser geht. Es mag merkwürdig erscheinen, aber letztlich geht es darum, dass du dem anderen nur das

Beste wünschst, ohne Einschränkungen. Wenn man darüber nachdenkt, ist es wahr, auch wenn es erstmal seltsam klingt.

Warum teile ich das hier? Es mag vielleicht ungewöhnlich erscheinen, aber es hat mir tatsächlich geholfen. Kathrin ist zwar nicht gegangen, um ihr Glück woanders zu finden, aber sie ist gegangen und ist physisch nicht mehr Teil meines Lebens.
Diese regelmäßige Visualisierung hat sich in mein Unterbewusstsein eingeprägt und beeinflusst meine Gedanken.

Der Zweck war es, das Loslassen zu lernen und mein eigenes Glück greifbarer zu machen. Ich habe mir dabei immer wieder gesagt, dass ich es verdiene, glücklich zu sein. Auch wenn es anfangs seltsam erschien, hat mir diese Übung tatsächlich weitergeholfen.

Ich habe manchmal zu mir selbst gesagt: „Ich bin der Beste!" Es mag sich zunächst bescheuert oder sogar narzisstisch angefühlt haben, aber diese Praxis hat mein Selbstwertgefühl gestärkt. Mein Gehirn hat die wiederholten Aussagen gespeichert und als Teil meiner Realität interpretiert.

Während einer intensiven Phase des Schmerzes musste ich eigene Bewältigungsstrategien entwickeln. Die radikalen Gedanken waren Ausdruck dieses Prozesses. Es ging mir dabei nicht um äußere Erscheinung, sondern um inneres Wohlbefinden.

Im Laufe der Zeit habe ich aufgehört, eine heile Welt nach außen vorzugaukeln. Stattdessen habe ich meine eigenen Gefühle akzeptiert. Die Freude über bestimmte Ereignisse zeigte sich von selbst, ohne dass ich eine Fassade aufrechterhalten musste.

Blicke und Konfrontationen, die mich früher gestört haben, sind mittlerweile bedeutungslos geworden. Oft kann ich jetzt über Dinge schmunzeln, die mich früher geärgert hätten.

Das Teilen dieser Erfahrungen soll zeigen, dass es nicht um Scham geht, sondern um die persönliche Wahrnehmung und den Umgang mit Herausforderungen. Ich habe gelernt, mich nicht von fremdem Mitleid beeinflussen zu lassen, was sowohl mein eigenes Wohlbefinden als auch das meiner nahen Umgebung schützt.

Alleinerziehender Vater? – Ja, das ist möglich!

Im nächsten Kapitel möchte ich einige Ereignisse schildern, die mich sprachlos gemacht haben und mit denen ich mich bis heute noch auseinandersetzen muss. Die Engstirnigkeit und eingeschränkte Sichtweise, denen ein männlicher Alleinerziehender vielerorts begegnet, sind einfach unfassbar.

„Alleinerziehender Vater, geht das überhaupt mit zwei kleinen Kindern?" Natürlich geht das, ich meine bei einer alleinerziehenden Mutter fragt ja auch niemand nach. So wünsche ich mir das auch für mich. Aber wieso passiert das dann mir als alleinerziehendem Vater nicht? Man gibt mir ständig das Gefühl, dass nur die Überforderung oder Unfähigkeit gesehen werden will, oder wie alles über mir zusammenbricht. Woher kommt noch immer diese verklemmte Sichtweise auf einen Mann mit zwei kleinen Kindern? Ich hatte ja keine Wahl, es war dann auf einmal meine neue „Normalität" so wie es wurde, weil ich es einfach so hinnehmen musste. Ich musste das so akzeptieren, keiner hat mich schließlich gefragt, ob es ok für mich ist. Niemand würde es je so wollen, soviel steht fest! Klar bin ich in diesem Sinne „exotisch", wie einige mich oder meine Familie bezeichnen, aber ich bin dann doch auch nur ein alleinerziehender Vater, dem etwas Schlimmes widerfahren ist. So wünsche ich es mir gesehen und wahrgenommen zu werden, nicht mehr und nicht weniger. Mit der Zeit habe ich aber auch ganz einfach gemerkt, dass viele Menschen, wenn sie mit so einer Situation konfrontiert werden, schlichtweg einfach überfordert sind. Da half für mich leider nur radikale Akzeptanz, etwas anderes blieb mir ja schließlich auch nicht übrig.

Die Frage stand des Öfteren für mich im Raum, was wohl jetzt meine Frau machen würde. Und die Antwort ist, ich weiß es leider nicht, ich kann diese Frage nicht beantworten! So viel Trauer und auch Wut, die sich in mir anstaute, durch das ganze Unverständnis. Gleichzeitig hatte ich das Gefühl, mir seien die Hände gebunden, weil ich gerade nicht auf gleicher Ebene antworten und die anderen vor den Kopf stoßen wollte. Ich meine, ist doch klar, dass so viel Frust irgendwann sich einmal in Wut umwandelt. Aber für diese Wut ist und wird nie Platz in unserem Leben sein. Ich merke, wie sich ganz viel Anspannung von mir löst, während ich gefühlt hier in die Tasten hämmere. Es zählt nicht für mich, was die anderen Leute über mich denken oder sagen. Ich weiß für mich, dass unsere Ehe zwar kurz war, dafür aber intensiv und schön war, und allein das ist wichtig! Ich bin froh, hier schreiben zu können, dass ich keine Ehe hatte, in der man aneinander vorbei lebt, wie ich glaube, dass es vielen so ergeht. Und ich will auch nicht verheimlichen, dass wir auch unsere Probleme und Streitigkeiten hatten. Aber es war im Ganzen einfach schön, mit Kathrin liiert gewesen zu sein. Das weiß ich mit Sicherheit jetzt als alleinstehender Mann und Vater mit zwei kleinen Kindern.

Nun denn, ich habe ja schon erwähnt, dass mein großer Schmerz auch an vielen Tagen und in vielen Situationen in Dankbarkeit überging, das durfte ich zuletzt noch einmal bei der Einschulung unseres Sohnes erleben. Ich schreibe hier bewusst „unseres Sohnes" denn auch wenn Kathrin nicht mehr körperlich anwesend ist, so bleiben es immer unsere Kinder. Ich habe sie nicht allein auf die Welt gebracht, sondern wir haben uns beide dafür entschieden, Kinder zu bekommen. Somit sind es unsere und ich finde es richtig und wichtig, diesen Ausdruck so zu benutzen. Aber zurück zum Thema. In dem Einschulungsgottesdienst war auch ein Kind mit in der Kirche, das geistig behindert ist und im Rollstuhl sitzt. Es war fröhlich und bestimmt auch in einer glücklichen Familienkonstellation aufgehoben, doch in diesem Moment wurde mir bewusst, wie glücklich ich sein darf, zwei gesunde Kinder zu haben. Damit möchte ich nicht sagen, dass meine Kinder besser sind! Ich möchte lediglich nochmal meine Wahrnehmung schildern, die ich in diesem Moment hatte. Mir wurde durch diese Situation in der Kirche nochmals die Wichtigkeit der Dankbarkeit klar und welche starke Bedeutung und neuen Stellenwert sie dadurch bekam. Es war für mich ein Schlüsselerlebnis, um einerseits meine Wut loslassen zu können und zum anderen meine verdrängten Gefühle zu spüren und neu bewerten zu können.

Und auch die Negativkritik, mit der ich mich immer wieder auseinandersetzen musste, die mir immer wieder so in völlig unverblümten kurzen Begegnungen z.B. auf dem Weg zum Einkaufen mit irgendwelchen Bekannten passierte, schließe ich immer mehr für mich ab.

Grenzen wahren, erlaube niemandem über diese hinüberzuschreiten, es sei denn du willst es! Ich habe mir das Motto von

Kathrin und mir auf die Fahne geschrieben. Egal wie ätzend etwas sein konnte, wussten wir, wenn es jemand schafft, dann wir. Diese Willensstärke ist bei mir mehr vorhanden als sie es bei Kathrin war, aber ich konnte sie immer mitreißen und sie hat sie immer bewundert und zum Glück dann auch mit mir an einem Strang gezogen.

Auch nach all dieser Zeit merke ich immer wieder, wie sehr ich noch immer für meine verstorbene Frau schwärme. Vielleicht – oder wahrscheinlich sogar – liegt es daran, dass Kathrin nicht mehr bei mir ist. Was früher selbstverständlich war, ist nun zu etwas geworden, das ich mir sehnsüchtig zurückwünsche.

Ich erinnere mich gern daran zurück, wie wir einmal Essen gingen. Nachdem Alexander seine Milch getrunken hatte, kam das Bäuerchen und mit dem ein bisschen Milch mit und landete auf Kathrins Bluse. Es war ihr nicht egal, aber sie wischte es mit einer Servierte ab und wir saßen trotzdem in dem Restaurant. Sie war total ungeniert und ihr war derartiges nicht peinlich.

Hauptsache in dem Moment war alles ok und es ging allen gut. Für unsere Kinder war sie sich für nichts zu schade und hätte alles gemacht. Familie eben!

Aber roter Lippenstift musste immer sein. Der durfte niemals fehlen. Wie gesagt sie war nicht die typische Mutti-Mama. Auch wenn ich für diesen Ausdruck von manchen wahrscheinlich kritisiert werde. Es war aber unsere „interne" Beschreibung einer bestimmten Art von Frau mit Kindern.

Das ist eine der so vielen schönen Erinnerungen, die mich manchmal durch den Tag bringen. Und so ein Tag allein kann sehr lang sein! Und auch das Alleinsein mit den Kids ist hart, nicht weil ich mit den Kids allein bin, aber weil ich an manchen Tagen nur mit zwei kleinen Kindern rede, es ist halt dann doch energieraubend und sehr ermüdend. Man muss sich dann doch erstmal an das ganze Szenario gewöhnen, das von nun an den Alltag bestimmt. Selbst Spaziergänge waren zu Beginn sehr komisch, denn ich hatte das ständige Gefühl, dass mir überall visuell happy Familys im Park vorgeführt werden. Ich habe anfangs echt geglaubt entweder bin ich verflucht oder ich fange an, verrückt zu werden. Das waren Anblicke, denen ich ausgeliefert war, und in denen ich mich nicht zu wehren wusste. Ich wusste damals nicht, dass die Wahrnehmung mit der Zeit anders sein wird. Die Wahrnehmung der „happy Familys" hat sich mit der Zeit verändert. Ich weiß wieder, dass nicht alles Gold ist, was glänzt! Ich denke jeder weiß, was ich damit meine.

In meiner Situation entwickelt sich automatisch eine Art Scheuklappensystem, das es ermöglicht, manche Aspekte nüchterner und distanzierter zu betrachten. Der Schmerz hat in diesem Zusammenhang eine paradoxe positive Wirkung: Er führt zu einer Abhärtung und erhöht die mentale Belastbarkeit.

Nun ja, und mit der Zeit bin ich immer mehr in meine Aufgabe hineingewachsen und das tue ich täglich immer noch.

Sachen, die wir immer gemacht haben, die teilweise den Alltag erschweren, aber für uns wichtig waren, habe ich beibehalten. Wie zum Beispiel den Kindern keine ungebügelte Kleidung anzuziehen. Ich bügle manchmal noch morgens irgendetwas, falls notwendig. Ich mache dies schon seit Jahren und kann es auch nicht auf einmal sein lassen. Ich könnte gefühlt auch jetzt gar nicht mehr damit aufhören, weil ich weiß, dass es anderen auffallen würde, die nur darauf warten, dass sie sagen können, der alleinerziehende Vater ist überfordert. Das ist auch das Komische, was ich als Mann nicht verstehen kann.

Warum wird ein alleinerziehender Vater oft strenger beäugt als eine alleinerziehende Mutter? Viele würden das vielleicht als Vor-urteil abtun, doch die Realität zeigt häufig ein anderes Bild. Im-mer wieder erlebe ich diese Situation selbst: Es scheint, als ob ein alleinerziehender Vater unter besonderer Beobachtung steht, während alleinerziehende Mütter oft selbstverständlicher akzeptiert werden.

Das Gefühl, ständig auf die Finger geschaut zu bekommen, kann zweifellos frustrierend sein. Es ist nicht immer leicht, sich der zusätzlichen Aufmerksamkeit und den Erwartungen zu stellen, die mit dieser Rolle verbunden sind. Doch obwohl diese Beobachtungen herausfordernd sein können, bieten sie auch eine besondere Motivation. Das ständige Streben, den Erwartungen gerecht zu werden und sich selbst zu beweisen, kann eine kraftvolle Antriebskraft sein.

Es ist wichtig, diese Unterschiede und Herausforderungen offen zu thematisieren. Jeder, ob alleinerziehend oder nicht, hat seine eigenen Kämpfe und verdient Anerkennung für die Arbeit und das Engagement, das er in seine Rolle steckt. Für mich persönlich bedeutet die zusätzliche Aufmerksamkeit, dass ich ständig daran erinnert werde, mein Bestes zu geben – und das spornt mich an.

Purismus und Ordnung prägen mein Leben, auch wenn deren Umsetzung mit zwei Kindern eine erhebliche Herausforderung darstellt und oft an meine Grenzen geht. Diese Herausforderung stellt mir das Leben und ich stelle mich ihr, immer wieder aufs Neue. Es ist schwer, etwas zu finden, das meinen hohen Standards widerspricht, da ich unablässig darauf achte, dass es meinen Kindern emotional und in jeder anderen Hinsicht an nichts fehlt.

Wer mich wirklich kennt, weiß um meine Veränderung. Meine Herangehensweise hat sich grundlegend gewandelt. Früher habe ich sehr darauf geachtet, was andere von mir denken, inzwischen bin ich viel gelassener. Irgendwann hat es mich einfach zu sehr ermüdet, ständig auf die eigene Wirkung auf andere zu achten und alles scheinbar richtig zu machen. Es bleibt der Gedanke, wie man all das am besten präsentieren und sich damit auseinandersetzen sollte. Diese Überlegungen finden glücklicherweise nur hier im Buch statt. Mein Hauptaugenmerk liegt darauf, dass es meinen Kindern gut geht, dass sie behütet und umsorgt aufwachsen. Erst danach kümmere ich mich um mein eigenes Wohlbefinden. Letztlich dreht sich alles um meine kleine, gut geordnete Welt, in der ich für Ordnung sorgen muss.

Der Tod und Verlust sind unausweichliche Teile des menschlichen Lebens; niemand ist davor gefeit. Auch wenn der Verlust zunächst einen unüberwindbaren Eindruck hinterlässt und emotional äußerst belastend wirkt, ist das Leben keineswegs vorbei oder aussichtslos. Diese Erfahrung mag zwar tragisch, einschneidend und niederschmetternd sein, doch der Weg führt weiter.

Die eigene Situation zwingt dazu, den Weg fortzusetzen – in meinem Fall als alleinerziehender Elternteil. Unabhängig davon, ob man Kinder hat oder nicht, ist es unvermeidlich, weiterzumachen. Diese Erkenntnis mag belehrend erscheinen, aber sie ist von grundlegender Bedeutung. Der Weg nach vorne erfordert oft eine erhebliche Portion Motivation und Entschlossenheit.

Es ist wichtig zu erkennen, dass der Weg nicht immer perfekt verläuft. Rückschläge und Misserfolge gehören dazu, wie ich selbst oft erfahren habe. Trotz aller Unzulänglichkeiten wird stets das Beste gegeben. Dieses Streben nach Verbesserung vermittelt ein gutes Gefühl und bringt Fortschritt.

Dieses Buch soll als Quelle neuer Impulse dienen. Es bietet Perspektiven, die helfen können, sich aus unangenehmen Situationen zu befreien und neue Blickwinkel zu gewinnen. Die persönlichen Erfahrungen, die ich hier teile, könnten möglicherweise dazu beitragen, dass andere Herausforderungen leichter bewältigen, und manchen Schwierigkeiten vorbeugen.

In der Reflexion über die eigenen Handlungen stellen sich oft grundlegende Fragen: „Warum tue ich das, was ich tue?" „Ist es notwendig, dass ich es tue?" „Welche Motivation steckt hinter meinem Handeln?" „Was hat die Person, für die ich etwas tue, davon?" Diese Fragen entstanden aus verschiedenen Begegnungen und halfen mir dabei, eine neue Ausrichtung im Leben zu finden.

Es ist bemerkenswert, dass Menschen trotz ihrer unterschiedlichen Reaktionen letztlich ähnliche Ziele und Bedürfnisse haben. Diese Erkenntnis ist zentral, wie bereits in der Einleitung erwähnt, und bietet einen tiefen Einblick in das menschliche Streben nach Verständnis und Gemeinsamkeit.

Wir alle haben ein Geltungsbedürfnis, wollen geliebt und gesehen werden. Es ist nur so, dass manche sich leider ein wenig zu viel damit verhaspeln, ich nehme mir das heraus, es so zu schreiben. Warum?

Unmittelbar nach dem Tod von Kathrin erlebte ich eine Reihe von respektlosen und grenzüberschreitenden Begegnungen innerhalb des Umfelds von Kathrin. Es war äußerst schmerzhaft, mitzuerleben, wie Unsicherheiten und persönliche Probleme einiger Personen dazu führten, dass sie über ihre eigenen Aussagen stolperten und sich in widersprüchliche Rechtfertigungen verstrickten. In dieser Zeit erhielt ich unüberlegte Ratschläge und vermeintlich wohlmeinende Wünsche für mich und die Kinder, die keineswegs hilfreich, sondern vielmehr verletzend waren.

Besonders schmerzhaft war es, dass aus dem Umfeld von Kathrin negative und teils falsche Gerüchte über mich verbreitet wurden. Dazu gehörte eine besonders verletzende Aussage, dass es „schade um die Kinder sei, aus denen nichts werden würde". Diese abwertende Bemerkung, die mich zutiefst getroffen hat, hat mich jedoch auch noch stärker motiviert, alles in meiner Macht Stehende zu tun, um den Kindern das Beste zu bieten und sie zu guten Menschen zu erziehen. Und diese Aussage ist einer der harmlosen. Aber ich möchte nicht näher oder mehr dazu schreiben. Die Stigmatisierung und die unverschämten Behauptungen über mein Verhalten waren sowohl absurd als auch schädlich. Es schien, als ob ich zu einem ungewollten Sündenbock gemacht wurde, um die eigene Wut und Trauer abzuwälzen.

Es ist bedauerlich, dass ich mich in diesem Buch anonym an die beteiligten Personen wenden muss, obwohl ich ihnen gerne direkt begegnen würde. Leider bin ich mir bewusst, dass konstruktive Kritik gepaart mit einer ehrlichen Portion Wahrheit in einer solch emotional aufgeladenen Phase nur schwer zu ertragen wäre und vermutlich zu noch tiefergehenden Verletzungen führen könnte. Eine direkte Konfrontation könnte die Situation nur weiter verkomplizieren und mein eigenes Leben zusätzlich erschweren.

Deshalb habe ich mich entschieden, meine Gedanken und Gefühle hier schriftlich festzuhalten. Es ist kaum zu fassen, was ich unmittelbar nach dem Tod von Kathrin durchhalten und ertragen musste – und teilweise immer noch ertragen muss. Der Wunsch, den betroffenen Personen verbal entgegenzutreten und ihnen die Auswirkungen ihres Verhaltens aufzuzeigen, ist groß. Doch ich erkenne, dass eine solche Konfrontation eher Schaden anrichten als klärende Wirkung haben würde.

Ich hoffe, dass die betreffenden Personen die Gelegenheit zur Selbstreflexion nutzen und sich ihrer eigenen Unzulänglichkeiten und des unangemessenen Verhaltens bewusst werden. Sollte dies nicht geschehen, bleibt mir nur, ihnen mein Mitgefühl auszusprechen und zu akzeptieren, dass sie momentan nicht in der Lage sind, ihr Verhalten zu hinterfragen. Es ist bedauerlich, aber ich muss mich auf meinen eigenen Weg der Heilung und des Friedens konzentrieren.

Ich spreche mich natürlich nicht von allem frei. Auch ich habe Fehler in der Vergangenheit gemacht und scheute mich vor so manch einer unangenehmen Konfrontation mit einem Gesprächspartner. Ich meine, ist doch klar, dass man nicht allem gewachsen sein kann oder muss. Jeder Mensch ist unglaublich gut darin, sich auf seine Weise um unangenehme Dinge herum zu schlängeln und einen Konflikt zu vermeiden. Und das schließt mich in mancherlei Hinsicht natürlich auch nicht aus. Aber ich versuche es zumindest immer wieder aufs Neue, mich meinen Ängsten zu stellen und mit ihnen fertig zu werden. Man wächst ja schließlich nur dadurch und gewinnt an Sicherheit. Denn meistens ist es erst einmal der eigene innere Konflikt mit sich selbst, den viele einfach ausblenden oder gekonnt übersehen und somit nur damit in Berührung kommen, wenn sie in eine missliche Lage kommen. Generell spürt man das ja auch von vornerein und möchte nicht diesem unangenehmen Gefühl ausgesetzt werden.

Es gibt Situationen, in denen es unmöglich ist, voranzukommen, ohne sich durch ein Labyrinth aus gefühllosen Herausforderungen zu kämpfen. Konflikte sind unvermeidlich und gehören dazu, doch der wahre Wert liegt nicht immer im Gewinn oder im Überlegensein. Es geht vielmehr darum, eine für sich selbst optimale Lösung zu finden. Viele Menschen mangelt es jedoch an Selbstreflexion, die entweder bewusst oder unbewusst ausgeblendet wird.

Die folgenden Gedanken bieten eine Perspektive auf die Schwierigkeiten, die auftreten können, wenn es darum geht, auf einen alleinerziehenden Vater angemessen zu reagieren. Es scheint, dass nicht jeder in der Lage ist, eine adäquate und einfühlsame Haltung einzunehmen.

Wie mache ich weiter?

Nun ich gehe in die passive Form des Widerstands, lächle verschmitzt und denke mir: „Du mit deiner übertriebenen geheuchelten Fürsorge rechtfertigst doch nur deine Unfähigkeit und willst eigentlich nur dein moralisches Ego aufpolieren!"

„Fuck Off!"

Klingt jetzt erstmal hart geschrieben, vielleicht sogar ein bisschen zu hart. Aber nein, ist es nicht! Man muss sich nicht für seine Gedanken schämen. Denn würden wir für unsere Gedanken verurteilt, wären wir alle schon längst im Gefängnis. Kein Mensch ist nur gut im seinem Denken.

Keiner sollte von sich behaupten, fromm wie Jesus Christus zu sein, es wäre schlichtweg gelogen.

Wir müssen uns allein einfach selbst zugestehen, dass wir nicht perfekt sein können, auch wenn wir sehr nah daran sein wollen.

Jeder hat seine Fehler und sollte nicht dafür verurteilt werden, wie er das Leben lebt oder sieht. Sofern niemand zu Schaden kommt, ist doch fast alles ok. Kann man doch mal pauschal so schreiben, denn wir machen es uns oft selbst komplizierter als es ist.

Der Tod ist ein unvermeidlicher Teil des Lebens, und es ist wichtig, ihn nicht zu tabuisieren. Wenn die Zeit gekommen ist, sollte der Tod offen angesprochen werden können, da er einen wesentlichen Bestandteil unseres Daseins darstellt. Sollte jedoch die eigene Unsicherheit oder die des Gesprächspartners in einem Ge-spräch über den Tod zu überwältigend werden, ist es sinnvoll, das Gespräch gegebenenfalls zu unterbrechen. Dennoch sollte das Thema nicht von vornherein gemieden werden. Es ist wichtig, sich daran zu erinnern, dass niemand unfehlbar ist, und dass ein offener Austausch über den Tod auch zur Akzeptanz und zum Verständnis beitragen kann.

Ich übe mich mittlerweile viel in Geduld. Die Zeit zu verlangsamen und sich auf den gegenwärtigen Moment zu fokussieren, um so in ein angenehmes „flow - Gefühl" zu kommen, ist für mich dann doch besser. Ich habe es gelernt, und ich kann es sagen, dass es nicht einfach war, die Dinge einfach hinzunehmen und ohne Wenn und Aber zu akzeptieren. Auch wenn es mir bis heute noch schwer fällt, manches zu akzeptieren und hinzunehmen. Was ich aber jedoch mittlerweile gut kann, ist *Menschen* einfach hinzunehmen. Ich habe es gelernt mit meinen Mitmenschen auf meine Art und Weise zu kommunizieren. Ich erwarte nichts mehr von jemandem, nehme aber, was mir angeboten wird. Dazu gehört zum Beispiel die Zeit, die mir manche Menschen schenken und es akzeptieren, dass ich nicht der mega flexible Freund bin, der spontan mal ausgehen kann. Es ist interessant, als ich so anfing, mich bewusst mit meinen Mitmenschen und meinem eigenen Tun zu beschäftigen und auf einmal merkte, dass wenn man die Aufmerksamkeit schult und sich wirklich in dem bewusst wiederfindet, was man tut, dass es einen gehörigen Mehrwert für die Psyche hat. Fast schon so, als würde man einen Autopiloten ausschalten und in die Vogelperspektive seines „eigenen Avatars" gehen. Klingt jetzt ein bisschen abstrakt, aber mir persönlich hilft es. Schon ein wenig irritierend, auch für mich selbst, und ich komme und kam mir des Öfteren beim Schreiben so vor, wie wenn ich mich selbst an der ein oder anderen Stelle in einem Spielfilm wiederfinde. Nur, dass der Plot nicht erfunden ist, da es sich um eine wahre Geschichte handelt. Meine Geschichte. Es ist einfach unglaublich, während des Schreibens, habe ich das Gefühl, dass etwas wie ein Stummfilm mitlaufen würde, der begleitend kommentiert wird und mir Vergangenes erneut projiziert und dabei irgendwelche Blockaden in meinem Kopf und meinem

Herzen entknotet. Ich bin mir sicher, dass ich damit mein Unterbewusstsein entschleiere und auch immer wieder Klarheit für mich beim Schreiben bekomme.

In der Tat sind mittlerweile mehrere Monate vergangen, seit dem Beginn dieses Schreibprozesses, ohne dass ich ein einziges Wort verfasst habe. Doch jedes Wort, das ich heute schreibe, stellt einen Neuanfang dar – einen Aufschwung für das Leben und die Gefühle. Schreiben betrachte ich als eine Art Geheimwaffe und persönliche Therapie. Mit jedem geschriebenen Wort wird ein kleiner Stein des Ballasts abgetragen. Vielleicht könnte auch diese Methode für andere von Nutzen sein. Es geht hierbei nicht um Richtig oder Falsch, sondern um die persönliche Erfahrung und den individuellen Nutzen.

Es ist ein schönes Ritual für mich geworden, wofür ich mir am Abend bewusst Zeit nehme.

Ich krame quasi in meinem Gehirn und finde wichtige Erinnerungen. Ein guter Prozess, um das alles klar Revue passieren zu lassen. So kann ich mir Unangenehmes erneut anschauen und dann filtere ich heraus, was ich behalten will und was nicht. Was ich nicht will, versuche ich ganz nach hinten zu verlagern und hoffe, dass es dort für immer bleibt.

 Ich erinnere mich z.B. heute an eine Begegnung, die ich lange negativ in meinem Gedächtnis abgespeichert hatte, aber sie es als solche, betrachtet man es objektiv, erst einmal gar nicht ist.

Damals zumindest war ich sprachlos, eine etwas schon in die Jahre gekommene Dame begegnete mir und den Kindern und nach dem Smalltalk gab sie mir noch die Abschiedsworte mit: „Ach das ist ja alles so schrecklich, Sie müssen Ihre Kinder ganz oft umarmen. Ich weiß, als Mann können Sie das ja auch nicht so gut." Schockstarre. Dann dachte ich mir nur noch so: „Hallo geht's noch!!!"

Am liebsten hätte ich ihr meine Meinung gesagt und sie damit fast beschimpft, aber dafür bin ich viel zu nett und zu gut erzogen worden. Innerlich explodierte ich aber sowas von, so eine Situation war mir bis dahin noch nie im Leben begegnet. „Kann ein Mann denn nur Kinder zeugen und das war's? Keine Liebe geben?" Ich war fassungslos! Und so sehr mir die Worte da gefehlt haben, und ich mir tausendfach im Nachhinein noch im endlosen Monolog alles zurechtgelegt hatte, was ich alles hätte sagen können, bin ich jetzt froh nichts gesagt zu haben. Manchen Menschen kommt man einfach nicht bei.

Schon gar nicht einer alten Frau, die so in ihren Rollenbildern gefangen ist und nie einen Rollenwechsel erlebt hat.

Aber nun gut. Weiter.

Vieles ist so offensichtlich, dass wir es einfach übersehen! Doch benennt man es erst einmal für sich oder schreibt es auf, kommen auf einmal ganz neue Prozesse zustande. Es erfrischt den Geist. Generell habe ich viel darüber nachgedacht, warum das Verhalten von einem Zwanzigjährigen so anders ist als das eines Fünfundvierzigjährigen und wiederum noch das eines Fünfundsiebzigjährigen. Für mich habe ich es systematisch mal in drei Lebensabschnitte unterteilt, die jeweils anders stark im entsprechenden Alter präsent sind und somit eine unterschiedliche Gewichtung hervorrufen. Klar logisch. Aber so logisch ist das gar nicht, betrachtet man es näher. Ich habe es dann wiederum auf meinen eigenen Lebensabschnitt projiziert und verglichen.

Meine Antwort darauf ist, je älter man wird, desto gefasster geht man mit dem Thema Tod und Trauer um, da einem sehr wahrscheinlich im Leben schon mehrere Schicksalsschläge widerfahren sind, mit denen man lernen musste umzugehen. Daher ist es sicherlich einfacher, es nachzuempfinden. Oder halt auch nicht!

Das ist auch der Grund, warum ich sogar ein wenig Mitleid für die ältere Frau empfinden kann. Vielleicht hat sie in ihrer Aussage ja auch nur noch die emotionale Sehnsucht nach ihrem vielleicht verstorbenen Mann geäußert.

Prinzipiell sollten wir öfters auf unsere Intuition hören und das rationale Denken hintenanstellen.

Ich habe es über die Zeit nun für mich auch nochmal intensiver beherzigt und seitdem ich innen in mir drin aufgeräumt habe, ist Vieles leichter geworden.

Ich habe mal den Spruch gelesen:

„Heute pflanze Ich ein Lächeln!" Da steckt so viel drin für mich. Eine Erleichterung, ohne mich stets hinterfragen zu müssen, mache ich vielleicht etwas falsch? Mit diesem Spruch in meinem Bewusstsein kann ich einfach fröhlich und heiterer meiner Umwelt begegnen. Ich alleine entscheide, ob und an wen ich ein Lächeln „pflanze".

Es erleichtert, eine neue Perspektive der Reflexion zu gewinnen. Jeder Mensch verdient es, diese Chance zu haben. Zu viele Fragen über das 'Was wäre wenn' lenken nur ab. Die Dinge passieren, wie sie geschehen, und es ist nicht immer sinnvoll, sich in Spekulationen zu verlieren. Natürlich ist es wichtig, bedacht und nicht leichtfertig zu handeln.

Ich bin der festen Überzeugung, dass uns allen ein größerer Pragmatismus sehr gut tun würde. Es bringt uns einfach nichts, jede noch so kleine Angelegenheit unendlich zu zerdenken und endlos zu diskutieren. Stattdessen sollten wir uns darauf konzentrieren, die wesentlichen Fragen zu klären, die uns im Alltag tatsächlich begegnen. Das allein stellt bereits eine erhebliche Herausforderung dar.

In meinem eigenen Leben erfahre ich das jeden Tag aufs Neue. Die Balance zwischen dem Organisatorischen für zwei kleine Kinder und meiner Selbstständigkeit nimmt bereits einen Großteil meiner Energie in Anspruch. Die Anforderungen an meine Zeit und meine Ressourcen sind immens, und es gibt kaum Raum für zusätzliche Überlegungen oder Gedankenspiele, die uns nur aufhalten und unnötig verkomplizieren.

Glücklicherweise erlaubt mir meine Selbstständigkeit eine gewisse Flexibilität. Ich kann meine Aufgaben und Termine so gestalten, dass sie am besten in meinen Alltag passen. Dennoch habe ich auch hier lernen müssen, einen Gang zurückzuschalten und mich nicht von Perfektionsdruck oder unnötigen Komplikationen überwältigen zu lassen. Die Kunst besteht darin, die Balance zu finden und pragmatisch mit den Anforderungen umzugehen, ohne sich in den Details zu verlieren.

Letztendlich ist es entscheidend, sich auf das Wesentliche zu konzentrieren und den Mut zu haben, Dinge auch mal einfacher zu halten. Das erleichtert nicht nur unseren Alltag, sondern trägt auch zu einem insgesamt gelasseneren und produktiveren Leben bei.

Klar eine eigene Firma bedeutet selbst und ständig, wie es das Wort schon sagt, aber dafür bin ich mein eigener Chef. Und die freie Zeiteinteilung gibt mir genügend Raum.

Die Redewendung „Einfach mal ins kalte Wasser springen" hat einen großen Einfluss in meinen Leben. Der Moment, in dem diese Worte besonders präsent waren, fand sich an einem gewöhnlichen Bürotag, während der Blick aus dem Fenster auf den geschäftigen Hafen gerichtet war. Meine Gedanken schwebten immer wieder um diese Redewendung, während ich die Szenen des Hafens betrachtete.

Es ist faszinierend, wie oft mich diese Redewendung in meinem Leben geleitet hat. Entscheidungen, die sich wie ein Sprung ins eiskalte Wasser anfühlen – aufregend und zugleich beängstigend – sind zahlreich. Diese Momente des Verlassens der Komfortzone führen oft zu neuen Erkenntnissen und Erfahrungen, die ich sonst möglicherweise nicht gemacht hätte.

Erinnerungen an solche Erfahrungen, sei es eine große Entscheidung, ein neuer Job, eine persönliche Herausforderung oder die Entdeckung einer neuen Leidenschaft, verdeutlichen, wie Wachstum und Weiterentwicklung oft aus diesen sprunghaften Momenten hervorgehen.

Das Eintauchen in das Unbekannte führt bei mir nicht nur zu einem besseren Verständnis der Welt, sondern auch zu einer tiefergehenden Erkenntnis über mich selbst. Diese mutigen Schritte, die Entschlossenheit und Mut erfordern, eröffnen neue Perspektiven und Chancen.

Es lohnt sich, regelmäßig den Sprung ins kalte Wasser zu wagen und sich den Herausforderungen zu stellen, die zunächst überwältigend erscheinen. Das wahre Wachstum liegt oft jenseits der gewohnten Grenzen, dort, wo der Mut vorhanden ist, ins Unbekannte einzutauchen.

Bei mir war da so ein AHA-Moment, als es mit dem Cruiser mit zwei Kindern in die Stadt ging. Es war für mich eine Hürde, die dann da so plötzlich vorhanden war und ich musste einfach „ins kalte Wasser springen", weil es anders nicht funktioniert hätte. Ein Cruiser ist hierbei das Gefährt, das zum mobilen Transport der Kinder gemacht ist, dieser Fahrradanhänger bzw. große Buggy, in dem die Kinder gemütlich herum chauffiert werden können.

Ich weiß noch, was das für eine riesige Challenge war, denn als ich von der Erzieherin im Spätsommer gesagt bekam, dass meine Kinder für die Kita nun jetzt auch Herbstsachen vor Ort benötigen, als Reserve, startete unmittelbar darauf mein Hürdenlauf. Eigentlich kein großes Ding, aber als ich vor dem Kleiderschrank stand und mir auffiel, dass die meiste Kleidung zu klein war, ging mir kurz ganz schön die Pumpe. Das war einer dieser Schockmomente, wo ich echt kurz dachte: „Mist! Die Kinder haben für die kommenden Tage nichts zum Anziehen." Eigentlich eine total banale Angelegenheit. Man geht ja nur in die Stadt und kauft halt neue Kleidung. Aber mit zwei Kindern im Alter von eins und fast vier, will das mal eben von jetzt auf gleich, erstmal alleine, zumindest für mich, der bislang derartiges nicht gemacht hat, gestemmt werden. Es half ja nichts! Also schnappte ich mir die beiden, brachte sie im Cruiser unter und los! Ab in die City und Kleidung in einem Geschäft besorgen. Mit diesem Gefährt in der Stadt und dann noch in den jeweiligen Läden war es, in diesem Moment, für mich eine Meisterleistung. Es war bestimmt eine amüsante Szenerie, die sich dort den anderen Menschen, die einkauften, bot. Aber für mich war es der totale Stress mit diesem Gefährt durch die schmalen Gänge zu kommen und auch die Versuche in den Aufzug für in die Kinderetage zu gelangen, gestalteten sich als äußerst abenteuerlich. Nicht dass der Aufzug zu schmal war, es waren ja auch noch andere Kunden darin, die mich einfach nur blöd anschauten. Es gab auch mal den leisen Hinweis, ob es notwendig ist mit dem breiten Kinderwagen in dem Laden unterwegs sein zu müssen! Verdammt nochmal klar war es notwendig, sonst hätte ich es ja nicht gemacht und überhaupt was geht es dich eigentlich an, du hast doch noch genügend Platz und somit muss es dich doch nicht interessieren, dachte ich mir leider nur. Als ich in der Abteilung dann schweißgebadet ankam, schnappte ich mir nur noch eine Verkäuferin und erklärte ihr: „Ich habe hier zwei kleine Kinder mit folgenden Größen und brauche dringend Herbstkleidung." Die schaute nicht schlecht bei meiner keuchenden Erscheinung. Aber ab da an verlief das dann alles wie am Schnürchen. Sie bereitete mir eine Auswahl an Kleidung vor und ich musste nur noch das Passende gemeinsam mit den Kindern aussuchen.

Ich weiß noch, wie die Leute geguckt haben, so als würde ein Steinzeitmensch mit einem modernen Fred-Feuersteingefährt das Kaufhaus stürmen. Aber so ist das nun mal. Es war mir da egal und es ist es auch heute noch.

Denn wenn etwas wichtig ist, dann fragt man sich selbst nicht nach dem Auftritt oder dem Eindruck, den man vielleicht hinterlassen könnte. Es geht da einzig und allein dann nur noch um die Performance, dass alles glatt über die Bühne geht.

Eine andere Erinnerung noch, die ich dir hier niederschreibe, ist für mich auch noch gut im Gedächtnis geblieben, weil es ein Moment war, der mich Überwindung gekostet hat. Ich habe mich im

Internet in Frag-Mutti Foren als Kathrin ausgegeben. Einfach weil ich Fragen hatte, die ich sonst so niemandem stellen wollte. Also musste eine andere Lösung her.

In diesen sogenannten „Mommy–Blogs" also fing ich an mit anderen Müttern zu chatten und stellte Fragen: „Wie macht ihr das?" oder „Habt ihr eine Idee dazu?" Im Nachhinein amüsiert es mich und ich muss darüber schmunzeln. Ich hatte halt damals meinen Stolz und es war mir schlichtweg einfach unangenehm mich mit manchen Fragen an Familie oder Freunde zu wenden. Was sollte ich machen, ich wusste mir halt so zu helfen und immer nur Fragen in Google einzutippen oder als einziger Mann mich auf Müttertreffen wieder zu finden wollte ich dann halt auch nicht.

Ich habe dann aber auch für meine Leistungen als alleinerziehender Vater wohl wohlwollende und gut gemeinte Ratschläge oder Komplimente bekommen. Einige meiner Bekannten fragten mich, wie ich das nur alles so mache und hinkriege. Das erfüllt mich dann schon mit Stolz, den ich hier bewusst niederschreibe! Ich lag schließlich oft genug abends im Bett und habe mich selbst gefragt, wie ich das alles wieder nur geschafft habe. Egal, ich bin jedes Mal sehr froh und zufrieden mit mir selbst, wenn ich einen dieser „Marathontage" nun so routiniert stemme. Auch ist ja nicht jeder Tag anstrengend oder gleich kräftezehrend. Es gibt durchaus genügend Tage, an denen ich nur so vor Energie und Tatendrang zufrieden strotze. Jedoch möchte ich auch nicht die Tage verheimlichen, wo ich kraftlos, demotiviert bin und abends auf dem Sofa, wenn die Kinder schlafen, wie ein kleines Baby heule. Ja auch diese Tage gibt es und ich stehe dazu!

Mein Leben ist oft ein Chaos und so habe ich mir das sicherlich nicht für mich vorgestellt. Doch sollte es wohl leider zwischendrin abrupt so sein. Ich bekam dazu dann irgendwann von irgendwem mal den Spruch gedrückt: „Gott hat dir das alles auferlegt, weil er weiß, dass er es dir zumuten kann." Nun wenn dem wirklich so sein sollte, warum hat er mich dann nicht gefragt, ob ich das überhaupt will? Ich hasse diese Art von Sprüchen, die einen motivieren sollen. Einfach nur blöd und zum Thema Gott kommen wir noch!

Innerlich fühlte ich mich jedenfalls wie gekreuzigt und zerbrach an einigen Situationen oder Sprüchen! Es war eine furchtbare Pein. Das schärfste Schwert der Menschen ist nun mal ihre Zunge. Und diese ist leider viele Male schneller als das dazugehörige Hirn.

Aber aufgeben? Keine Chance!

Ich habe zwei Kinder und die brauchen mich! Es ist dann fast schon ein bisschen verrückt, da das Thema alleinerziehender Vater mich dann meinen ganzen Tag lang irgendwie verfolgt und ich alles danach ausrichten muss. Trotzdem ist es auch schön so! Wir haben uns ja auch bewusst für unsere beiden Kinder entschieden. Aber wenn die Mama so gar nicht greifbar für die beiden ist, ist das schon eine Herausforderung, der wir drei unser immer wieder erneut stellen müssen. Da war zum Beispiel diese eine Situation morgens, es waren ein paar Wochen nach dem Tod von Kathrin, als ich die beiden zum Kindergarten gefahren habe, wo Alexander zu seiner Schwester sagte: „Elisa, unsere Mama ist ja jetzt im Himmel, wir müssen uns nun eine neue Mama suchen!"

Ich musste rechts ranfahren und fing kurz an fürchterlich zu weinen. Als ich mich wieder gefangen hatte, umarmte ich die beiden erstmal gefühlt eine halbe Ewigkeit. Kann sich irgendjemand vorstellen, was dies für ein Moment war? Er hat mich für ewig verändert. Es ist einfach unglaublich, wie sehr die eigenen Kinder Einfluss auf die eigene weitere Entwicklung nehmen. So wie mich auch leider das Gespräch mit einer alleinerziehenden Mutter nachhaltig geprägt hat, die sich mir gegenüber beklagte, dass sie nicht mal mit ihren zwei Kindern in den Urlaub oder über das Wochenende wegfahren könne. Dafür aber, während sie mir das erzählte, sich die dritte Kippe anzündete und diese mit Höchstgeschwindigkeit weginhalierte. Ich war dabei irgendwie von ihren extrem auffällig gemachten Nägeln irritiert. Ihre Kinder holt sie wiederum erst um fünf aus der Kita oder Schule und wie ich weiß, arbeiten geht sie auch nicht. Es waren ihr also mindestens drei Dinge wichtiger, als Geld für einen Urlaub mit den Kindern zu sparen. Dinge, die mir deutlich weniger wichtig wären. Dieses Beispiel ist nicht allgemein zu verstehen. Es gibt bestimmt auch alleinerziehende Väter, die sich nur beklagen und stöhnen, ohne die eigene Situation zu verändern.

Da denke ich mir nur: „Was machst du denn den ganzen lieben langen Tag, dass dein Leben so beschwerlich sein muss und nicht mal Erholungsurlaub drin ist?"

Es ist mir unbegreiflich! Doch ist es dann auch der krasse Kontrast zu mir selbst und ich bin wieder dankbar, dass es bei uns anders läuft.

Im Wissen um den großen Spagat, den ich jeden Tag mache, bin nicht stolz darauf, was ich jeden Tag aufs Neue schaffe, sondern dass ich es schaffe. Immer wieder gehe ich bewusst oder auch unbewusst bis an meine Grenzen und oft auch über diese hinaus.

„Selbstmitleid ist hierbei keine Option, selbst wenn das Leben ein Arschloch ist – dafür können unsere Kinder ja nichts und sie haben es verdient, dass einfach jeden Tag die Sonne in ihren kleinen Herzen scheint."

Kathrin und ich hatten eine klare Vorstellung davon, wie unsere Kinder aufwachsen sollen und so führe ich, versuche es zumindest, das auch weiter! Nun ist es halt an mir als Vater, allein den beiden all dies vorzuleben. Dabei ist es mir auch noch sehr wichtig, dass ich versuche, Kathrins Meinung nach bestem Gewissen zu vertreten. Ich muss mich quasi in mancherlei Hinsicht fast schon ein bisschen zweiteilen. Was mir natürlich nicht immer so gelingt wie ich das gerne hätte, aber ich gebe mein Bestes.

Dabei geht es um die ganz normalen und auch sich selbstverständlich immer wiederholenden Ansichten wie Wertevermittlung wie zum Beispiel Respekt, Toleranz usw, dass die Kinder behütet aufwachsen und gute Charakterzüge entwickeln können. Was sich jedes Elternteil auf dieser Erde mit Sicherheit sich für seine Kinder wünscht. Ein erfolgreiches Leben baut nun mal auf einer guten Erziehung auf!

Es ist mir dabei sehr wichtig, dass unsere Kinder mitbekommen, wie ihre Mutter war und dass sie mitbekommen, dass es auch zwei Meinungen gibt. Meine und auch Kathrins.

Wie geht sowas? Ja, gute Frage! Ich fing damit sehr intuitiv an. Ich visualisiere und versuche für die Kinder eine fiktive Sichtweise von Kathrinzu erstellen. Nicht leicht! Es gelingt oft. Bei genauer Überlegung hat wahrscheinlich jeder schon einmal die Meinung einer Person erläutert, die in dem Moment nicht anwesend war. Als Vater entwickelt man fast automatisch die Fähigkeit, seinen Kindern die Welt erklären zu wollen – notfalls auch mit schauspielerischem Geschick. Elisa hat inzwischen eine bemerkenswerte Art gefunden, mit dem Verlust umzugehen und die Erinnerung an ihre Mutter in ihren Alltag zu integrieren. Es ist berührend zu sehen, wie sie in vielen Situationen inne hält und sich fragt: *Was hätte Mama gemacht?* Diese Frage scheint ihr eine Art Kompass zu sein, der ihr hilft, sich in ihrer Welt zu orientieren. Besonders deutlich wird dies, wenn es um die Auswahl ihrer Kleidung geht. Elisa hat eine große Vorliebe für Kleider, sie liebt es, sich hübsch zu machen und ihren eigenen Stil zu finden. Doch immer wieder zögert sie einen Moment, hält ein Kleidungsstück in der Hand und fragt leise: *Hätte Mama das heute angezogen?*

Diese Momente zeigen nicht nur ihre tiefe Verbundenheit zur Mutter, sondern auch das Bedürfnis, ihr Vorbild und ihre Liebe im Alltag weiterzuleben. Es ist mehr als nur eine einfache Entscheidung, was sie anziehen möchte; es ist ein Ritual, eine stille Zwiesprache mit jemandem, den sie sehr vermisst.

Jedes Mal, wenn sie diese Frage stellt, nehme ich mir die Zeit, ihr zu antworten und sie in ihrer Wahl zu bestätigen. Ich sehe, wie sich dabei ein Lächeln auf ihrem Gesicht ausbreitet, wie eine leichte Last von ihren Schultern fällt, und ich spüre, dass sie sich in diesen Momenten besonders wohl und geborgen fühlt. Es ist, als würde sie durch diese Bestätigung die Nähe und die Zustimmung ihrer Mutter spüren, als würde ein Teil von ihr immer noch ganz nah bei ihr sein.

Durch dieses kleine, aber bedeutungsvolle Ritual gewinnt Elisa zunehmend an Sicherheit und Selbstvertrauen. Es ist, als würde sie durch diese innere Zwiesprache mit ihrer Mutter einen Weg finden, ihren Platz in der Welt zu behaupten und gleichzeitig die Verbindung zu jemandem aufrechtzuerhalten, der für sie immer eine Quelle der Liebe und Orientierung gewesen ist.

Es ist mir wichtig, die Leichtigkeit der Kinder zu bewahren, da es mir im Gegenzug hilft, meine Leichtigkeit wieder zu finden. So kommt es auch, dass ich allein traure und versuche, sie so gut es geht da nicht mit einzubeziehen. Natürlich, wenn die Kids die Trauer überkommt, begebe ich mich auf ihre Ebene und wir trauern oder weinen sogar zusammen.

Das große Glück, was da Kinder noch haben, ist, dass sie ungefiltert und direkt heraus sind. Gefühle kommen also klar und deutlich und so hart es dann einen vielleicht auch treffen mag, sie nehmen kein Blatt vor den Mund. Ich versuche, meinen Kindern diese Eigenschaft zu erhalten und freue mich, dass ich sogar auch noch von ihrer Haltung profitiere und lernen darf.

Meine Oma sagt immer: „Kinder und Betrunkene sagen immer die Wahrheit!" Das kann ich so vollkommen unterschreiben – zumindest bei den Kindern!

Ein tief berührender Moment entstand, als meine Tochter mich abends beim Zubettgehen mit ernster Stimme anvertraute: „Papa, ich mache mir totale Sorgen um Mama, wir haben so lange nichts mehr von ihr gehört." Diese Worte, aus dem Mund eines kleinen Kindes, waren von solch einer Ernsthaftigkeit geprägt, dass ich zunächst innehalten musste.

Möglicherweise war es eine Floskel, die sie im Kindergarten aufgeschnappt hatte, aber die Worte ließen erahnen, was in ihrem Kopf vor sich ging. Es schien wie ein frühes Aufeinandertreffen mit dem Unterbewusstsein, das kurz vor dem Schlafen beginnt, die Eindrücke des Tages zu verarbeiten.

In solchen Momenten ist es an mir, die passenden Worte zu finden, die Antworten zu geben, die zugleich beruhigen und die kindliche Fantasie nicht beschädigen. Es ist eine Balance, die ich finden muss – zwischen dem Ernstnehmen der Ängste und dem Schützen der wertvollen kindlichen Unbeschwertheit. In solchen

Augenblicken sind die „Papa-Superkräfte" gefragt: die Fähigkeit, schnell zu entscheiden, wie auf die Sorgen eingegangen wird, was alltagstauglich ist und wo möglicherweise Grenzen gesetzt werden müssen, um die kindliche Fantasie nicht zu überfordern.

Das ist manchmal eine herausfordernde Aufgabe. Auch wenn die Ideen der Kinder oft großartig und kreativ sind, erfordert es manchmal eine nüchterne Herangehensweise, um sie sanft auf den Boden der Tatsachen zurückzuholen und ihnen die Realität näherzubringen. Falsche Hoffnungen oder unrealistische Vorstellungen wären unangebracht, so schwer es auch fällt. Es ist eine harte, aber leider notwendige Maßnahme.

Manche Träume sind dann eben doch leider einfach nur Träume.

Was nicht heißen soll, dass wir nicht unsere Rituale haben. Mir ist es dahingehend ganz wichtig, eine ausgeprägte Symbolsprache mit meinen Kindern zu haben. Ich werde darüber auch noch weiter hinten im Buch berichten, was es genau damit auf sich hat. Es würde an dieser Stelle einfach den Rahmen sprengen.

Gott und ich

Mit jedem Kapitel, das ich beende oder beginne, finde ich Gedanken in meinem Kopf, die ich nicht gesucht habe. Wenn ich darüber nachdenke, bemerke ich eine ganz bestimmte Erkenntnis, die immer deutlicher wird. Aber um das zu erklären, muss ich anders anfangen.

Ich bin enttäuscht und wütend, und es betrifft unsere Gemeinde, in der wir wohnen. Diese Gefühle sind nicht neu, aber sie sind intensiver geworden, seitdem wir Kathrin verloren haben. Nach ihrem Tod, der uns tief getroffen hat, hat sich niemand aus der Gemeinde bei uns gemeldet. Es war wie ein stilles Echo in einer leeren Halle – niemand hat gefragt, wie es uns geht oder ob wir Unterstützung brauchen.

Das war besonders schmerzhaft, weil wir nur drei Wochen zuvor die Taufe unserer Tochter Elisa in der gleichen Kirche gefeiert hatten. Die Gemeinde war da, wir hatten eine schöne Zeit und waren glücklich, diesen besonderen Moment mit ihnen zu teilen. Doch als wir dann in dieser schweren Zeit Unterstützung gebraucht hätten, blieb die Kirche stumm.

Drei Monate später erhielten wir dann einen Brief von der Kirche, aber nicht das, was wir uns erhofft hatten. Statt einer Nachricht des Mitgefühls oder der Unterstützung wurde uns um eine Spende gebeten. Es war, als ob unsere Trauer und unser Verlust nicht wirklich wahrgenommen wurden, sondern wir nur als potenzielle Spender gesehen wurden.

Dieser Vorfall hat meine Sicht auf die Gemeinde und die Rolle der Kirche stark verändert. Es wirft Fragen auf, die ich mir vorher nicht gestellt habe: Was bedeutet es, Teil dieser Gemeinschaft zu sein? Wie ernst nimmt die Kirche ihre Verantwortung gegenüber ihren Mitgliedern, besonders in Krisenzeiten?

Diese Gedanken und Fragen begleiten mich, während ich an meinem Buch arbeite. Sie helfen mir, die Enttäuschung und den Schmerz zu verarbeiten, und ich hoffe, dass ich irgendwann Antworten finde, die mir Klarheit und vielleicht auch etwas Trost bringen. Bis dahin bleibt der Unmut über die Art und Weise, wie wir behandelt wurden, und die Frage, wie Gemeinschaft wirklich aussehen sollte.

Ist die Kirche nicht dafür da, um zu helfen? Ist sie nicht da, um Halt zu geben? Wo waren die ganzen „von Gott Beauftragten"?

Nicht einer hat sich blicken lassen, die Todesnachricht ging wohl still an ihnen vorüber. Wir wurden einfach vergessen!

Aber nun zu mir selbst. Ich bin katholisch aufgewachsen und war auch früher Messdiener, schließlich stellte man als Kind oder Jugendlicher wenig in Frage. Es gibt halt diese Glaubensgeschichte, die uns in der Bibel überliefert ist, und all die anderen Bräuche und Riten, die seitens der Kirche praktiziert und gelebt werden.

Obwohl ich nie besonders streng gläubig war, wurde ich katholisch erzogen, und bestimmte Feiertage gehörten einfach dazu. Nicht alles daran war negativ; viele Traditionen sind schön, bringen die Familie zusammen und bieten eine gewisse Erdung.

Wir haben auch unseren kirchlichen Werdegang gemacht. Kirchliche Trauung, Taufe der Kinder, weil es halt dazu gehört und wir es schön und wichtig fanden. Es war ja auch schön, ein Teil dieser Gemeinschaft gewesen zu sein.

Eine nähere Beziehung zu der Kirche hin gab es dann von unserer Seite aber dann nicht mehr. Als Kathrins Tod passierte, stellte ich mir dann schon die Frage warum ich?

Ich führe keine Kriege, behaupte von mir ein guter Mensch zu sein, also warum ereilt mich dann so ein schwerer Schicksalsschlag? Mit welcher Begründung wird ein kerngesunder Mensch von jetzt auf gleich förmlich aus dem Leben gerissen? Lange habe ich darüber nachgedacht und bin zu dem Schluss gekommen:

Wenn es einen Gott gibt, muss es ein gemeiner Gott der Ungerechtigkeit sein!

Ich meine, Kinder verhungern tagtäglich in der dritten Welt, Kriege passieren und Menschen sterben einfach so mit Vierzig obwohl sie nichts, rein gar nichts dafür können. Ich schreibe hier klipp und klar: Ich habe meinen Glauben verloren! Unser ach so barmherziger Gott, der, auf den solche Hohelieder gesungen wer-den, hat aus meiner Sicht heraus seine Aufgaben nicht wahrge-nommen und vollkommen versagt. Er hat doch die Aufgabe, uns zu beschützen und das Leben zu wahren, oder nicht? Irgendje-mand sagte mir mal, die Frage nach dem „Warum" wirst du ir-gendwann verstehen. Aber sollte ich irgendwann mal die Mög-lichkeit bekommen, die Frage an den Gott nach dem „warum" stellen zu können, so wird mich keine seiner Antworten je zu-frieden stellen können und ich werde auch keine seine Begrün-dungen akzeptieren. Wie könnte er mir das erklären? Gott und ich könnten eine sehr lange Diskussion führen und wir würden trotzdem zu keinem Ergebnis kommen.

Zwischenzeitlich bin ich aus der Kirche ausgetreten, denn alles, was so aufgewirbelt wurde und zu Tage kam, kann ja wohl nicht richtig sein? Ich denke, ich muss hier jetzt nicht irgendwelche Er-eignisse aufzählen, denn ich bin mir sicher, den meisten ist be-kannt, worauf ich hinauswill. Denke mal nur an die ganzen Skan-dale, die innerhalb der Kirche geschehen. Warum richtet Gott nicht auch da?

Warum führt er dort keine Gerechtigkeit aus? Wenn Gott in ir-gendeiner Form jetzt da sein sollte, dann finde ich, dass er nicht mit seiner Leistung glänzt, und sollte er das nicht eigentlich? Warum lässt er geschehen, was nun mal so unweigerlich einfach geschieht? Warum greift er nicht ein und vollbringt seine Wun-der? Ich bin früher sogar gerne in die Kirche gegangen, nicht der heiligen Messe wegen, sondern weil so eine schöne und andäch-tige Atmosphäre in der Kirche herrscht. Meine Gedanken sind im Gotteshaus zur Ruhe gekommen. Seid Kathrin aber gestorben ist, bin ich kaum in der Kirche gewesen. Selten gehe ich mit den Kindern in die Kirche, auch nicht, um ein kleines Kerzenritual durchzuführen. Es ist mir nicht immer wichtig, aber ich versuche, einen Mittelweg zu finden, der uns allen gerecht wird.

Durch Alexanders Einschulung war ich dann quasi wieder einmal gezwungen, in die Kirche zu einer Messe zu gehen, nämlich wegen seines Einschulungsgottesdienstes.

An eben diesem Gottesdienst will man als verantwortungsbewusster Vater auf keinen Fall fehlen! Meine Gedanken waren damals: „Jetzt geh ich hier rein, an den Ort, der ihm dem Unfehlbaren gewidmet ist, aber eigentlich will ich jetzt hier gar nicht sein. Verrückt, hier bin ich nun und obwohl ich doch auf ihn sauer bin, sofern ich das überhaupt sein kann, da ich momentan sehr stark an seiner Existenz zweifle. Musste ja so kommen", dachte ich mir da nur leise.

Die ersten zehn Minuten, die ich in der Kirche verbrachte, wühlten mich derart auf, dass ich mich echt nochmal selbst fragte, wie ist meine Haltung noch überhaupt zu dir, Gott? Du als hoher Richter der Gerechtigkeit? Sicher nicht für mich. Aber als dann die Segensgebete als Schutz für die Kinder kamen und mich so aus meinen Gedanken rissen, wünschte ich mir natürlich dann doch insgeheim, dass er existent ist und unseren Sohn beschützt.

Ich möchte mir auch bestimmt nicht anmaßen, Gott zu leugnen und sagen es gibt ihn nicht, nur an meiner Seite hat er bisher versagt! Denn dieser Gott hat meine Frau, die Mutter unserer Kinder viel zu früh und grundlos zu sich geholt. Warum verdammt nochmal? War er es überhaupt? Und selbst wenn nicht, warum hat er es dann nicht verhindert? Er kannst doch Wunder vollbringen? Es wird ihm zumindest zugeschrieben und gepredigt!

In seiner ihm gewidmeten Bibel steht schließlich drin, dass sein Sohn Göttliches vollbrachte? „Er ließ die Blinden wieder sehen und die Schwachen wieder gehen." Wo sind seine Resultate? Weil ich nicht jedes Wochenende in die Kirche gegangen bin, hast er so über mich geurteilt? Nenn mir den Grund? Wenn es einen Gott gibt, dann ist er feige, mir die Antwort schuldig zu bleiben.

Also prangere ich ihn weiter mit meinen Worten an, das ist mein gutes Recht.

Gründe für seine Handlung, kann es keine geben. Wie schon geschrieben, keine Antwort, die mir dieser gütige Gott je geben könnte, wird mich zufrieden stellen.

Das Einzige, worauf ich mich derzeit wohl nur noch verlässlich stützen kann, ist die Willkür der Natur, die die Hungersnöte oder Unwetterkatastrophen auslösen kann. Oder hat Gott da auch sei-ne Hände im Spiel gehabt, um die Menschen zu verwarnen, sie wollen bitte mal das Brandschatzen an seiner Erdkugel sein las-sen? Das einzige Argument, welches ich wohl seinerseits akzep-tieren könnte, wäre seine Stummheit und die Unfähigkeit zu sprechen. Es klingt fast schon ein bisschen dogmatisch, wenn ich das hier so schreibe, aber an welcher Haltung soll ich denn dann sonst noch überhaupt festhalten?

Wer gibt mir Halt, wenn ich nicht mir selbst?

Wie lässt sich erklären, dass Gott eine kerngesunde Frau, die gerade das Leben für zwei Kinder geebnet hat, so abrupt aus dem Leben gerissen hat? Noch schwerer wiegt die Tatsache, dass mir als Kind ebenfalls der Vater genommen wurde – ich war damals 13, meine Schwester 9 und mein Bruder erst ein Jahr alt. Diese Erfahrung des Halbwaisen-Daseins scheint sich in meinem eigenen Leben und dem meiner Kinder zu wiederholen. Solch ein Zufall lässt tiefgreifende Zweifel an der Existenz Gottes aufkommen.

Ich bin wütend und diese Wut kann sich niemals so ganz in mir auflösen, denn das würde ja bedeuten, dass ich sie ganz akzeptiert habe und das wird niemals der Fall sein! Gott ist feige, denn Er stellt sich nicht meinen Fragen, wieso, weshalb und vor allem warum? Egal wie ich es biege und breche, drehe und wende, es wird immer wieder an derselben Stelle enden – mit der Frage nach dem Warum. Hierfür kann auch kein „geistlicher Vertreter" auf Erden für Ihn mir Rede und Antwort in Vertretung stehen, denn sie wissen es genauso wenig. Der Tod ist dann doch wohl am Ende das Einzige, was uns Menschen dann wohl noch letztlich einmal eint. Gemeinsam erleben, gemeinsames Schaffen, gemeinsames Haben und gemeinsames Sterben, so sollte der Kreislauf sein. Doch manche sterben früher, manche später. Wer entscheidet dies? Du, Gott, wann und vor allem wen du zu dir holst? Für mich sicher nicht! Es sieht ganz danach aus, dass ich manche Fragen mir nur ungenügend selbst so gut es geht beantworten kann. Aber wenigstens so, denn es ist wieder ein Stück weit es zu verarbeiten. Lieber also so jetzt meine Beichte, ehrlich und aufrichtig an die Welt.

Durch das Niederschreiben und Aussprechen kann ich zumindest einen Teil der Gedanken loslassen. Die Gedanken verschwinden in diesem Meer aus Buchstaben und werden von mir hinaus auf hohe See geschickt, aus meinem Geist entlassen. Was bleibt, ist leider nicht viel anderes als das.

Es soll kein weiteres großes Fragezeichen bleiben. Mit der Zeit wird der Schmerz nachlassen, die Narben der Wunden bleiben jedoch und erinnern schmerzlich an die schönen Tage der Vergangenheit. An einem Punkt der Reflexion angekommen, kann ich mit gutem Gewissen die Augen neu für die Schönheit der Welt öffnen. Es gilt, sich ihr nicht zu verschließen.

Die intensive Auseinandersetzung mit dem eigenen Erleben hat zu meiner Persönlichkeitsentwicklung beigetragen. Es ist positiv, dass ich mir bewusst die Zeit nehme, um alles aufzuarbeiten. Auch wenn einige Fragen offenbleiben werden, werden die Jahre neue Freude bringen, davon bin ich überzeugt.

Es bedarf dabei keiner übernatürlichen Erlösung. Auch wenn mir keine göttliche Absolution zuteilwerden kann, habe ich mich damit abgefunden. Die Enttäuschung über das Gefühl, im Stich gelassen worden zu sein, bleibt bestehen.

Das Einzige, was ich mir erhoffe, ist, dass wenn ich dann mal eines Tages sterben muss, dass ich Kathrin im Jenseits wieder begegne. Fertig! Wer soll da an dieser Stelle noch Licht ins Dunkel bringen? Für mich anscheinend keiner!

Zurück bleibt für mich nur die Nostalgie, der ich sehnsüchtig nachhängen kann. Ich muss jetzt auf mich schauen, wie ich Kathrin in lebendiger Erinnerung behalten will. In der Kirche werde ich dahingehend jedenfalls nicht fündig werden.

Eine verstorbene Person wird, so glaube ich, nur so lange lebendig in Erinnerung bleiben, wie wir uns selbst an sie erinnern!

Wenn der Glaube Halt im Leben bietet, ist das eine wertvolle Erfahrung. Jeder, der sich als gläubiger Mensch bezeichnet, soll von Herzen nur das Beste erfahren. Es ist erfreulich, wenn an dieser Stelle etwas gefunden wird, das Linderung des Schmerzes bringt und Kraft spendet.

Diese Gedanken mögen zwar wie kirchliche Botschaften wirken, doch sie spiegeln meine persönliche Erfahrungen wider. Aus eigener Erfahrung weiß ich, wie tiefgreifend und herausfordernd es sein kann, wenn man Hilfe benötigt, aber zunächst zögert, diese anzunehmen, weil man denkt, niemand könne helfen. Es zeigt sich jedoch, dass das Gespräch immer hilft. Sich zu überwinden und einem vertrauten Menschen, selbst einem Pfarrer, zu öffnen, bringt Fortschritt. Oft ist es nötig, sich immer wieder daran zu erinnern, dass dies der Fall ist.

Prinzipiell glaube ich, dass jeder Mensch Halt braucht und wenn dieser nicht durch Partnerschaft, Familie oder Freunde kommt, dann auch im Glauben gefunden werden kann, sei es jetzt Gott, Buddha oder sonst wer. Klar lässt sich das jetzt noch ausbreiten und bis ins Unermessliche ausweiten, aber für mich ist es zurzeit einfach so, dass es mir nach wie vor schwer fällt, an diesen unseren Gott zu glauben. Ich möchte an dieser Stelle nicht ausschließen, dass sich das vielleicht nochmal ändern wird, aber zum heutigen Stand kann ich mir die Frage einfach nicht beantworten, ob es ihn überhaupt gibt. Ich meine, es sollte doch schon das Göttliche in uns selbst sein, und dieses, was uns erstrahlen lässt, sollten wir nicht im Außen suchen, oder bei einer höheren Person, die es anzubeten gilt, oder? Und ich glaube auch durchaus, dass es eine gesunde, menschliche Frage ist, die ich mir selbst stellen darf. Ich brauche da gewiss keine Belege oder Psalme aus der Bibel, auf die ich mich hierbei berufen müsste. Auch wenn Theologen oder Geistliche vielleicht sagen, man darf Gott auf keinen Fall in Frage stellen und die Wege des Herrn sind doch unergründlich, aber für mich sind das schlichtweg nur noch Floskeln geworden.

Floskeln von Menschen für Menschen verkündigt.

Gott kommt ja nun mal eben nicht so mal kurz im Gottesdienst um die Ecke vorbei und sagt: „He ich habe euch ja dies und das verkündet, wisst ihr noch? Haltet euch bitte dran!"

Also ich stelle ihn in Frage, ich meine wer sagt, dass er mich ebenso nicht auch in Frage stellt? Wer kann es mir mit Sicherheit sagen, keiner hat nun mal die direkte Durchwahl zu ihm, um mal gerade eben kurz mit ihm Kontakt aufzunehmen.

Es bleibt dabei, wohl oder übel! Jeder ist seines eigenen Glückes Schmied! In vielerlei Hinsicht ist unser Schicksal nicht beeinflussbar.

Ergo ist unser Leben dann irgendwann zu Ende. Ob das jetzt ein Gott bestimmt hat oder die Natur den Körper dahinrafft. Wenn die Zentrale da oben ausgeschaltet wird und das Herz aufhört zu schlagen, dann ist es halt zu Ende und wir werden Dünger für die Erde, um den Kreislauf aufrecht zu erhalten.

Doch gar nicht mehr glauben kann auch nicht die Lösung sein, oder?

Es gibt uns zumindest ja zum Glück niemand mehr vor, an was oder wen wir glauben sollen. Manche haben dann ihren Glauben im Fußball gefunden, der ihnen Halt gibt und indem ihre auserwählten, fast schon göttlich geweihten Spieler über den Platz schweben, auf die sie Sprechchorale anstimmen können. Und wiederum andere glauben an politische Parteien, die für sie die Welt besser machen sollen.

Jeder formt sich dann doch irgendwie so seinen Glauben, den er dann auf seine Art und Weise verfestigt und für richtig hält.

Und ich? Ich glaube dann halt stark weiter an mich selbst und ich glaube an unsere Kinder.

Und ob man glaubt, wie man glaubt oder an wen man glaubt, bleibt zum Glück weiterhin jedem selbst überlassen.

Es kann in dieser Hinsicht auch gar kein richtig oder falsch geben. Es bleibt nur weiterhin für mich dabei, meine Hoffnung wurde nicht erfüllt. Kathrin wurde operiert und die Blutung konnte sogar gestoppt werden, doch meine Gebete hat Gott nicht erhört. Wenn es eine Art Bestrafung sein sollte, wüsste ich nicht wofür.

Ich bin doch nur ein Mensch! Eines seiner vielen Schafe? Aber, ich würde ihm trotzdem gerne die Frage nach dem Warum stellen dürfen.

„Die Wege des Herrn sind unergründlich." Wie sehr habe ich diesen Satz gehaßt!

Es würde ja bedeuten, dass er sich dabei was gedacht hat, es ist eine Sackgasse! Keiner der Wege oder Erklärungen würden mir je einleuchten. Es bleibt einfach ungerecht, weil es so ist.

Es ist ein Thema, über das ich Dir endlos weiter erzählen könnte, aber wir würden uns im Kreis drehen und immer wieder zu demselben Ergebnis kommen. Es ist und bleibt einfach ungerecht.

Meine Familie und meine Freunde

Der Glaube an meine eigene Stärke hat Wunder bewirkt; vieles hat sich dadurch verändert. Wenn ich jetzt auf das Verhältnis zu meiner Familie blicke, wird mir klar, dass sich auch dort vieles verändert hat. Ein solch einschneidendes Erlebnis verändert einen unausweichlich. Ich bin nicht mehr der, der ich früher war. Oft sitze ich still da, versteinert und in mich gekehrt, und merke erst nach ein paar Minuten, wie meine Gedanken abgeschweift sind.

In meinem engsten Umfeld passierten nach Kathrins Tod viele Veränderungen. Viele aus meiner Familie versuchten, neue Rollen zu übernehmen und sich in die Erziehung unserer Kinder einzubringen, immer mit der Absicht, mir zu helfen. Dabei drängten sie sich oft auf, auch wenn es von ihrer Seite unbeabsichtigt war. Heute glaube ich, dass dieser Instinkt tief in jedem von uns verwurzelt ist. Dennoch hätte die daraus entstehende Dynamik ungesund werden können.

Mit der Zeit veränderte ich mich und musste klare Grenzen setzen, um zu zeigen, wo Schluss war. Diese Klarheit hat uns allen geholfen, auch wenn es viele Diskussionen und Unstimmigkeiten gab.

Es war nicht nur das, was passiert ist, das unsere Familienbeziehungen strapazierte und auf die Probe stellte. Auch die räumliche Entfernung machte vieles schwierig. Ich lebe nun seit mehr als dreißig Jahren in Münster, während ich in Bonn aufgewachsen bin, wo meine Mutter und meine Geschwister weiterhin leben. Anfangs habe ich sogar darüber nachgedacht, nach Bonn zurückzugehen, in die Nähe meiner Familie. Aber jeder hätte auch dort sein eigenes Leben gehabt, und ich kenne heute kaum noch jemanden in Bonn. Mein gesunder Egoismus hat mich damals davon abgehalten, und ich bin froh, in Münster geblieben zu sein.

Rückblickend betrachtet wäre es unsinnig gewesen, denn hier habe ich mein soziales Umfeld, bin tief in Münster verwurzelt und vernetzt. Leider habe ich auch in meinem Freundes- und Bekanntenkreis einschneidende Veränderungen festgestellt. Nach Kathrins Tod erlebte ich, dass einige meiner Freunde mich anders wahrnahmen und mich in eine andere Kategorie einordneten. Natürlich hat sich nicht das Verhältnis zu allen geändert, aber bei manchen gesellschaftlichen Anlässen, bei denen sich Pärchen trafen, wurde ich nur noch selten oder gar nicht mehr eingeladen, oft als fünftes Rad am Wagen.

Teilweise lag das an der Wahrnehmung, dass ein alleinerziehender Vater weniger flexibel ist, und das stimmt leider. Oft musste ich absagen, weil es einfach nicht in meine Planung passte. Unsere Kinder stehen nun mal an erster Stelle. Wenn man dann leider zum vierten Mal absagen muss, bleibt das Telefon irgendwann still, und die Einladungen oder Verabredungen bleiben aus. Selbst Gesprächsthemen wurden mit der Zeit schwierig, und es fühlte sich an, als wäre ich in einer Art Zwischenwelt gefangen. Gespräche mit Bekannten und auch Freunden, die ich nur flüchtig, etwa auf Grillabenden, sah, verliefen holprig und ohne viel Gesprächsstoff – nicht weil ich nichts zu erzählen hätte, im Gegenteil.

Aber die Gespräche mit anderen Männern waren oft oberflächlich und kurz. Es gab wenig gemeinsame Interessen oder Überschneidungspunkte. Wenn es um ihre Arbeit ging, war ich schnell raus. Meine Gedanken drehen sich nun mal neben der Arbeit um unsere Kinder, und ich habe stark gemerkt, dass die Themen rund um Kindererziehung und -versorgung für viele eher „Frauensache" sind. Oder anders gesagt, viele Männer haben keine Ahnung davon und überlassen es ihrer Frau.

Ich will mich da auch nicht völlig freisprechen. Am Anfang hatte ich in vielen Bereichen genauso wenig Ahnung, das weiß ich noch von früher. Kathrin hatte im Haushalt einfach den besseren Überblick, sie wusste zum Beispiel genau, welche Übergangsjacke die Kinder im Herbst brauchen. Rückblickend finde ich es fast erschreckend, wie unsichtbar sich die Aufgabenbereiche trennen und man oft gar nicht weiß, was sich im Haushalt rund um die Kinder alles abspielt. Die Aufgaben verteilten sich irgendwie von selbst, und jeder von uns hatte seine Stärken, mit denen er zum Funktionieren des Familiengefüges beitrug.

Umso schöner ist es für mich zu sehen, dass ich nicht zu den hilflosen Männern gehöre, die im Haushalt verloren wären. Neben meiner Selbstständigkeit bin ich auch leidenschaftlich gern Hausmann und kümmere mich gekonnt und gewissenhaft um unsere Kinder nach allen Regeln der Kunst.

Durch das, was geschehen ist, hat sich mein Blick auf meine Beziehungen und Bekanntschaften grundlegend verändert. Heute sortiere ich viel gründlicher von Anfang an aus. Früher hätte ich vielleicht an alten, mittlerweile unwichtigen Bekanntschaften festgehalten, nur um das Gefühl der sozialen Isolation zu vermeiden. Doch jetzt denke ich anders darüber. Es lohnt sich, diese Überlegungen anzustellen.

Ein bestimmtes Erlebnis hat mir besonders deutlich gemacht, wie sehr ich mich verändert habe. Es war beim Stadtfest in Münster, als ich am Nachmittag zu einer gemischten Runde von Freunden und Bekannten stieß. Sie standen schon eine Weile zusammen, und ich war der Einzige, der mit zwei kleinen Kindern dazu kam. Sofort merkte ich, wie schwierig es war, mich in diesen Kreis einzufügen. Elisa wollte ständig auf meinen Arm, und Alexander langweilte sich. Ich bemerkte die Blicke der anderen, wie sie es merkwürdig fanden, dass ich die Kinder dabei hatte. Aber das war nun mal meine Realität.

Die Gespräche der Männer waren für mich unerreichbar, denn mit den Kindern konnte ich nicht in dieselbe ungehemmte Rolle schlüpfen und große Reden schwingen. In diesem Moment wurde mir klar, dass diese Welt vielleicht nie wirklich meine gewesen war und es auch nie wieder sein würde.

Ich passte nicht in diese Männerwelt, in der man nur ein modernes Bild des Vaters verkörpert, während die Kindererziehung als Sache der Frau gilt. Vielleicht hielten mich einige sogar für eine männliche „Tussi", weil ich ihr Machoklischee nicht erfülle. Vielleicht interpretiere ich die Blicke und Gesten auch falsch, aber letztlich spielt das keine Rolle. Was für mich zählt, ist die Erkenntnis, dass meine Welt jetzt eine andere ist.

Diese neue Welt besteht aus Spaziergängen und spontanen Treffen auf Spielplätzen, wo sich die Gespräche um die Kinder drehen, ohne den Zwang, sich erst unter Alkoholeinfluss in einer Kneipe von alten Rollenbildern lösen zu müssen. Ich bin froh, im 21. Jahrhundert zu leben, wo man sein kann, wer man wirklich ist, ohne in stupide Rollenbilder gezwungen zu werden, die nur etwas darstellen sollen.

Aber so ist das wohl im Laufe der Zeit und es verändert sich der Freundeskreis. Ich finde es nur schade, dass ich jetzt im Nachhinein entdecken darf, dass ich wohl anscheinend bei einigen Freunden doch nur Kathrins Partner war und jetzt, wo sie tot ist, einfach gestrichen und aus deren Leben ausradiert wurde. Ich empfinde das als sehr krass und enttäuschend. Aber gut, dann hat sich das dann auch von selbst erledigt. Ein guter Freund erzählte mir auch vor kurzem, dass er keinerlei Erwartungen mehr hat. Ich bemerke bei mir, dass das auch für mich immer mehr zutrifft und ich diese Haltung annehme.

Mein Freundeskreis ist nicht nur weit verstreut. Einige leben sogar hier in Münster. Doch selbst das macht die Sache nicht unbedingt einfacher. Auch wenn wir in derselben Stadt leben, sind unsere Leben oft so unterschiedlich und vollgepackt, dass wir uns seltener sehen, als man meinen könnte.

Trotzdem bleibt das Gefühl, dass wahre Freundschaften nicht an Nähe oder Häufigkeit der Treffen gemessen werden können. Natürlich ist es frustrierend, wenn man merkt, dass selbst enge Freunde nicht immer so greifbar sind, wie man es sich wünschen würde. Aber gerade in solchen Momenten wird mir klar, wie wertvoll die wenigen echten Freunde sind, die ich habe – egal ob sie um die Ecke wohnen oder in einer anderen Stadt.

Ich habe gelernt, dass es nicht nur um die Anzahl der Treffen geht, sondern um die Qualität der Zeit, die man miteinander verbringt. Und selbst wenn diese Freundschaften manchmal nur über das Telefon gepflegt werden, sind sie doch ein fester Anker in meinem Leben.

Letztlich habe ich akzeptiert, dass es nicht immer möglich ist, alles zu planen oder zu kontrollieren. Manchmal kommt das Leben einfach dazwischen, und das ist in Ordnung. Je weniger Erwartungen ich habe, desto weniger Enttäuschungen muss ich hinnehmen. Und so finde ich meinen Frieden – sowohl mit den Freundschaften, die ich habe, als auch mit der Art und Weise, wie sie sich entwickeln. Generell ist es einfach schwieriger geworden, neue Freundschaften entstehen lassen zu können, denn wie ich oben ja schrieb, ist das „Männerkneipen-domänengehabe" nicht mehr meine Welt und mit alleinstehen-den Frauen von meiner Seite aus eine rein platonische Freund-schaft einzugehen, erweist sich auch als schwieriger. Denn diese wissen meist dann um meine Situation und schauen dann gleich, was auf meiner Beziehungsebene so zu machen ist. Der Gedanke, eine neue Beziehung einzugehen, erweist sich generell für mich als schwierig, da ich immer im Hinterkopf habe, dass sie sich ja in die Kindererziehung einmischen könnte. Ich kann nicht aus meiner Haut und so schreibe ich es halt hier auf, vielleicht therapiere ich es ja auf diese Weise aus mir heraus. Es kommt ja dann auch meistens wie-der eh alles anders und wer weiß, was die Zukunft mir noch eröffnet.

Es ist alles so ein bisschen konfus, denn alle klassischen Themen, die da sein könnten, die habe ich nicht. Eben weil ich alleine bin. Ist wohl auch der Grund, warum manche Kumpels nicht wissen, was sie mit mir reden sollten. Und wenn ich dann mal von ihren Eheproblemchen erzählt bekomme, kann ich es fast schon inner-lich belächeln und wünschte mir insgeheim, dass ich gerne wie-der mit Kathrin streiten könnte, einfach nur, um es zu können. Und dann wird die oberflächliche Leier auch schon wieder stiller und bricht prompt ab.

Ich möchte auf keinen Fall hier zu sarkastisch erscheinen.

Doch wenn man schließlich nicht auf dem letzten spontanen Bar-trip mit dabei war, gibt es halt wohl nichts, wo ich mitreden könnte. Also egal was ist, ich kann nicht mitreden. Aber ab und zu fehlt mir dann doch ein kleines bisschen diese Rolle, einfach mal wieder mit meinen Kumpels als eine eigenständige Person unterwegs zu sein, als nicht immer diesen Titel „alleinerziehender Vater" auf der Stirn geschrieben zu haben. Aber es geht nun mal nicht, zumindest noch nicht, denn die Kinder werden ja auch älter und selbstständiger. Leider muss ich hier schreiben, dass ich das leichte Gefühl habe, von anderen Männern, durch meine Distanzierung zu dem „bullig protzigen Geschlecht", gar nicht mehr so richtig wahrgenommen werde. Es fehlen einfach, wie ich schon sagte, die Gesprächsthemen. Vielleicht strahle ich aber auch eine leichte Unsicherheit aus. Ich kann es mir nicht ganz erklären. Nicht, dass ich nach Anerkennung suche, ich merke einfach das sich das blöde Gefühl bestätigt, wenn man als Mann weich in Erscheinung tritt und sich keine Maske vors Gesicht hält, man schnell als verweichlicht abgestempelt wird.

Aber nun gut, dann bleiben es halt nur stumpfe Begegnungen unter Bekannten mit einem oberflächlichen:

„Hallo wie geht's?" und fertig.

Und ich bleib dabei und das werde ich auch so meinen Kindern beibringen. Wer einen zarten Charakter hat, der sollte diesen unbedingt zeigen, unbeachtet von der Masse der anderen Menschen. Und bleibt man dabei, hat man dann zur rechten Zeit auch die richtigen Begegnungen.

Die Abende mit Freunden sind in der aktuellen Lebenssituation oft schwierig zu realisieren. Eine spontane Abendgestaltung ist aufgrund der Betreuungspflichten nur eingeschränkt möglich. Babysitter können zwar gelegentlich helfen, doch ihre Verfügbarkeit ist oft begrenzt, und nicht jeder ist bereit, seine Kinder in die Obhut eines Unbekannten zu geben. Die Flexibilität für kurzfristige Unternehmungen wie Kinoabende ist daher stark eingeschränkt.

Diese Einschränkungen führen zu einer Reduzierung persönlicher Freiräume und Bedürfnisse. Obwohl ich meine Situation akzeptiert habe, bleibt die soziale Isolation spürbar. Es ist nicht möglich, spontan die Partnerin um Unterstützung zu bitten, um an sozialen Aktivitäten teilzunehmen. Oft bleibt nur die Einsamkeit, während die Kinder schlafen, als Begleiter.

Meine aktuelle Situation verlangt Geduld und die Bereitschaft, den Alltag mit den Kindern als eine Phase der persönlichen Einschränkung zu akzeptieren. Die Hoffnung besteht, dass mit der Zeit mehr Freiraum für meine Interessen zurückkommt, wenn die Kinder älter werden und weniger intensive Betreuung benötigen. Bis dahin bleibt es meine Aufgabe, präsent zu sein und sich auf die kommenden Jahre vorzubereiten, in denen ein aktiveres Sozialleben wieder möglich sein wird. Natürlich habe ich Sorgen, alte Freunde erst nach langer Zeit wieder zu kontaktieren, aber es bleibt zu hoffen, dass die Beziehungen bestehen bleiben und die Erinnerungen an gemeinsame Zeiten präsent sind. Was ich nicht mit meinen Freunden zurzeit gemeinsam erleben kann, kann ich dann halt alleine machen. Ich würde zwar gerne wieder meine Hobbys pflegen, aber ich kann es derzeit einfach nicht. Es klingt vielleicht ein bisschen komisch, wenn ich schreibe, die Kinder bremsen mich aus, und so ist es auch nicht wirklich gemeint. Man braucht halt für gewisse Dinge mehr Zeit. Nein, ich habe mich eher selbst heruntergeschraubt. Ich sehe zwar wieder positiver meiner Zukunft entgegen und weiß auch, meine Zeit wird wieder kommen, aber natürlich frustriert es. Nicht das jetzt nicht meine Zeit wäre, doch als beruflich Selbstständiger ist die wirklich freie Zeit immer ein knappes Gut. Ich will mich auch gar nicht groß darüber beschweren, schließlich habe ich es mir selbst so ausgesucht. Da ich auch weiß, dass ich nach beruflichem Erfolg leider momentan nur mit angezogener Handbremse strebe, ist es gar nicht so verkehrt, einmal sich selbst zu drosseln und ein wenig runterzufahren. Derzeit konzentriere ich mich auf unsere Kinder. Ja es ist vielleicht ein kleiner Anflug von Frustration, jedoch habe ich ja meine Aufgabe, mit der ich vollkommen ausgelastet bin. Das belohnende Aufblühen kommt dann automatisch von Zeit zu Zeit in kleinen Dosen für mich wieder. Es zeigt sich in den Erfolgen, die sich immer wieder mal im Alltag kurz zeigen. Kinder belohnen Dich nämlich sofort in kleinen Gesten, wenn sie spüren, dass Du sie liebevoll umsorgst. Das genügt mir – meistens.

Meine persönliche Resignation also, die sich bei mir eingestellt hat, habe ich in Akzeptanz umformuliert und angenommen. Früher definierte ich mich sehr über meinen Erfolg, ich brauchte das und mein Kopf würde gerne auch wieder viel mehr machen, aber nun erst mal langsam. Ich schaffe es ja zurzeit nicht einmal, meinen Freundschaften neben meinen Kindern gerecht zu werden. (An dieser Stelle sorry, ich hoff das wird auch wieder anders.) Also schraube ich mich bewusst ein gutes Stück zurück. Nicht weil ich es wirklich will, sondern weil ich im Moment einfach nicht flexibel genug bin und es daher muss! Das zu erkennen, obwohl es doch so offensichtlich war, hat mich einiges an Zeit gekostet. Vielleicht sogar bis hier zu diesen Zeilen, nach denen ich es nun endlich bewusst loslassen kann.

Irgendwann stößt halt jeder einmal an seine Grenzen und das ist auch gut so. Schließlich zeigen diese uns dann auf, wann es wirklich genug ist.

Zurück bleiben jetzt zum Glück nur noch diese Fragen in meinem Kopf wie: „Was braucht es jetzt? Und was ist jetzt wirklich essenziell wichtig?" So stecke ich nun also dann meine Themen gedanklich neu ab und fokussiere mich auf das Wesentliche. Denn die vermeintlich kleinen, vielen und manchmal tückischen Hürden des Alltags sind dann irgendwie doch die großen Prüfungen, auf die es im Leben wirklich ankommt.

Vor fünf Jahren hätte es eine große Erleichterung bedeutet, wenn Freunde einfach nur da gewesen wären, ohne gute Ratschläge geben zu müssen. Die eigene Zurückhaltung und das Schweigen führten jedoch dazu, dass nichts geschah. Der Gedanke, niemandem zur Last fallen zu wollen, erwies sich als Irrtum. In schwierigen Zeiten ist es wichtig, die Gesellschaft von Freunden einzufordern, anstatt sich in die Einsamkeit zurückzuziehen. Viele Abende in Isolation sind eine traurige Realität, die es zu vermeiden gilt.

Die Realität hat gezeigt, dass ich, auch wenn ich es nicht wollte, zum Realisten geworden bin. Rückblickend, nachdem etwas Zeit vergangen ist, wird deutlich, wie wichtig es gewesen wäre, nicht isoliert zu bleiben. Es hätte eine wertvolle Unterstützung sein können, wenn jemand einfach gesagt hätte: „Komm, wir gehen spazieren, mindestens bis zum Spielplatz." Solche kleinen Gesten haben große Wirkung. Es ist unerheblich, ob man direkt betroffen ist oder nur von außen zuschaut – wichtig ist es, aktiv zu werden.

Einsamkeit beschränkt sich nicht nur auf die Abende; sie wird bald unerträglich. Es ist nie zu spät, eine Veränderung herbeizuführen. Ein Anfang geschieht, wenn man ihn wagt. Auch wenn es in den ersten Tagen oder Wochen nicht leicht ist, kann nach einigen Monaten eine gewisse Distanz zu den Ereignissen entstehen.

Selbstmitleid ist ein nachvollziehbarer Zustand, sollte jedoch kein Dauerzustand werden. Der Kampf gegen schwere Gedanken ist ernst zu nehmen. Die eigene Situation ist oft zu schwer, um sie allein zu bewältigen. In solchen Momenten ist es wichtig, sich der Tatsache bewusst zu sein, dass es viele Menschen gibt, die ähnliche Gefühle durchleben und denen manchmal einfach die Kraft fehlt, alles zu bewältigen.

Corona, als ob ich nicht schon einsam genug wäre

Stell Dir vor, Du hast erstmals wieder neue Zuversicht ergriffen, Du merkst, dass Du Dir selbst im Weg gestanden hast und dann? Dann kommt Corona, eine beschissene Pandemie!

So ist das wohl im Leben, manchmal macht man einen Schritt vor und dann unwillentlich wieder zwei zurück. Doch es ist gewiss, dass alles im Leben vergänglich ist und wenn wir uns bemühen, gelingt es irgendwann auch wieder aufs Neue!

Corona war für jeden eine besondere Herausforderung. Es traf uns alle so unerwartet, dass man sich eigentlich gar nicht wirklich richtig darauf vorbereiten konnte.

Kathrin verstarb im Juni 2019, bis ich erstmals wieder klare Gedanken fassen konnte, war es schon Januar 2020. Es war eine schwere Zeit für mich, kalt und finster überkam mich der Winter und als die dunkelste Jahreszeit so allmählich sich erstmals verabschiedete, ging es mit Corona gerade weiter. Im März kam der erste Lockdown und so sehr ich es mir gewünscht hätte, nach dieser ersten intensiven Phase des Trauerns mit ein bisschen neu gewonnener Kraft das Haus zu verlassen, es ging nicht. Es folgten fünf weitere Wochen der ungewollten Isolation. Alles war ja runtergefahren und ganz Deutschland fühlte sich an wie abgeschaltet und war wie ein Computer in den „Energiesparmodus" gegangen. Alles, was nicht systemrelevant war, wurde erstmal auf Eis gelegt. Die Kinder und ich waren zuhause, keine Kita und auch kein normaler Alltag mehr. Der Wald wurde ab da an unser Ausweichraum, wie so bei vielen anderen auch. Ich erinnere mich noch, wie wir jeden Tag hinfuhren, um dort Indianer-Tipis an die Bäume zu bauen. Irgendwann war der Wald übersäht von ihnen, denn nicht nur wir hatten diese Idee.

Es war sonst ja auch gar nichts anderes mehr möglich, es herrschte die komplette Isolation für alle Menschen. Unvorstellbar, eine ganze Stadt weggesperrt und nicht nur unsere, alle Städte waren im Lockdown und somit komplett hinter Schloss und Riegel. Das ist eigentlich undenkbar, die Menschen auf so engem Raum einzupferchen und letztlich komplett zu begrenzen. Natürlich mussten wir auch einkaufen gehen wie alle anderen auch. Eine sehr unangenehme Zeit für mich. Du kannst Dir gar nicht vorstellen, wie es ist, wenn jegliche Blicke von Augenpaaren, die Dir begegnen, versteckt hinter Masken, Dich feindselig beäugen. Einerseits aus Furcht und Scheu, doch viele andere Blicke waren auch rein von böser Natur. Ich spürte es immer wieder aufs Neue, auch wenn ich nur die Augen versteckt hinter den Masken sah, so konnte ich doch erahnen, was in diesen Menschen vorging. Du kennst bestimmt auch diese Momente im Leben, die Du Dir zwar nicht erklären kannst, aber die dennoch so glasklar und eindeutig sind, dass sie keinerlei weiterer Erklärung bedürfen.

Ich wurde angestarrt und ich sah, dass sie urteilten. Ich las es in ihren Augen, dass sie mich für verantwortungslos hielten, da ich ja mit zwei noch ganz kleinen Kindern in der Pandemie unterwegs war. Diese unangenehme Stimmung haftete an mir, ich fühlte mich fast schon von ihren Blicken verfolgt. Das Gedankenkarussel fing an, sich in meinem Kopf zu drehen, und ich bekam einen leichten Schweißausbruch. Ich betrat den Supermarkt und merkte, was für ein Druck in mir anstieg, ich fühlte mich wie gejagt. Ich versuchte mir innerlich immer wieder zu sagen: „Beruhige dich, das bildest du dir alles nur ein!" Und so schritt ich dann mit dem Cruiser und meinen Kindern durch die Reihen des Geschäftes. Eine Frau begleitete unseren Weg, es war fast schon so, als hätte sie sich an unsere Fersen geheftet. Im Gang bei den Milchprodukten, beim Joghurt, kam es dann zu einem Engpass und sie war mit mir auf Augenhöhe. Da passierte es dann, sie sprach mich direkt an: Was ich mir denn dabei denken würde und ob das unbedingt notwendig wäre, dass ich mit zwei kleinen Kindern in dieser schweren Zeit einkaufen gehen müsse und sie somit gefährde? Ich ignorierte sie erstmal, denn emotional stieg mir eh schon alles total zu Kopfe. Mir wurde es ruckartig zu viel und mir kamen die Tränen, es war alles noch so frisch und Kathrins Tod, ein paar Monate zwar schon vergangen, doch wieder so nah. Ich fühlte mich schutzlos und dieser Frau ausgeliefert. Sie konfrontierte mich in einer sehr unangemessenen Tonlage und merkte nicht, wie derart grenzüberschreitend sie war. Von Mindestabstand war natürlich gar nicht mehr zu sprechen, so nah kam sie. Als ich mich wieder einigermaßen aus meiner Schockstarre erholt hatte, wandte ich mich an sie und entgegnete ihr: „Ich warte jetzt hier und Sie können gerne weiter gehen, damit Sie sich nicht mehr von mir belästigt fühlen und wir Sie nicht gefährden." Und ich bat sie weiter noch, nicht etwas zu kommentieren, wovon sie überhaupt nicht wüsste was da genau los sei! Empört grunzte sie noch irgendetwas in ihre Maske und rauschte mit ihrem Einkaufswagen davon.

Ich bin wirklich erschüttert auch jetzt noch im Nachhinein, über solch boshafte Menschen, die es sich herausnehmen, über Dinge zu urteilen, von denen sie rein gar nichts verstehen. Es kommt mir fast schon so vor, dass es eine elektrisierende Erregtheit ist, die sie damit verspüren und auch benötigen, um somit ihre kaltgelaufenen Herz-Akkus wieder aufzuladen.

Corona war also unausweichlich über uns gekommen und meine Kids waren auch permanent um mich, es gab niemand anderen, wo ich sie hätte „parken" können. Nicht bei der Familie, fragt man sich jetzt bestimmt?

Nun, wie ich schon in einem vorausgegangenen Kapitel geschrieben habe, lebt meine ganze Familie in Bonn und somit bin ich nun mal in meinem Alltag auf mich allein gestellt.

Da wo ich war und bin, sind logischerweise, wo sollten sie auch sonst sein, dann auch meine Kinder. Und als die Kita flachfiel, stand ich dann halt um 05:00 Uhr morgens auf, um noch 2 Stunden zu arbeiten, bevor unsere Kinder um 07:00 Uhr wach wurden. Mittags schlief Elisa und auch ich konnte dann eine halbe Stunde Schlaf nachholen. Alexander bekam in der Zeit, ich bin nicht stolz darauf, das Tablet in die Hand. Auch band ich eine Schnur um meine Hand und an seinen Fuß. Warum? Nun ich hatte Angst davor, da wir in einer zweistöckigen Wohnung wohnten, dass er vielleicht die Treppe hinunterfallen könnte.

Hirnrissig? Vielleicht, aber ich musste mir ja irgendwie zu helfen wissen, es gab niemanden sonst, der mir die Aufsicht abgenommen hätte zu der Zeit.

Der Lockdown war gekommen und alles fuhr herunter. Fünf Wochen in der Wohnung „gefangen" mit den Kindern. Zuerst kamen die systemrelevanten Leute mit ihren Jobs und durften die Kinder wieder in die Kita bringen und Ende April durfte auch ich dann wieder. So klug auch die ganzen Maßnahmen ausgetüftelt waren, man hatte am Ende doch die Alleinerziehenden vergessen. Es blieb also weiterhin alles ganz allein an mir hängen. Klar musste ich so oder so der Verantwortung für zwei Kinder gerecht werden, zusätzlich aber hatte ich auch noch die Herausforderung, mein Leben weiter zu steuern, und vor allem wieder auf Kurs zu kriegen und dann war da noch meine Gefühlswelt und die Trauer, die ich im Griff behalten musste. Zu dieser Zeit, in der ich auch noch komplett aufgewühlt war, kam es noch krönend dazu, dass alle, wirklich alle, am Rad drehten.

Es erscheint mir im Rückblick fast erstaunlich, dass es uns gelungen ist, diese schwierige Phase zu überstehen. Dennoch ist es wichtig, erneut darauf hinzuweisen: Wenn man sich in einer belastenden Situation befindet oder sich wiederfinden könnte, sollte man diese niemals als unbedeutend abtun oder sich davor verschließen. Es ist entscheidend, sie anzunehmen, denn die emotionale Belastung, die durch Corona ans Licht kam, spiegelt den Frust und die Isolation wider, die viele von uns erlebt haben. Solche Gefühle können einen stark belasten und oft gibt es keine einfachen Worte, um diese Situation zu erleichtern.

Im Leben geht es häufig darum, unangenehme Phasen auszuhalten – seien es Stunden, Tage oder Wochen. Doch es lohnt sich, durchzuhalten, auch wenn es oft keine andere Wahl gibt. Irgendwann wird das Leben wieder seine positiven Seiten zeigen. Es ist hilfreich, solche Gedanken im Hinterkopf zu behalten, selbst wenn sie momentan nicht relevant erscheinen. Sie können später von Bedeutung sein oder jemand anderem Unterstützung bieten.

Manchmal kann es nützlich sein, sich einen Moment der Ruhe zu gönnen und bewusst die eigene Situation zu reflektieren. Diese Atempause muss nicht kompliziert sein; es geht darum, die kleinen Dinge im Leben zu schätzen. Ein bewusster Umgang mit alltäglichen Aufgaben, wie zum Beispiel langsames Essen und das Genießen von frisch zubereiteten Mahlzeiten, kann Freude bringen. Jeder kann seinen eigenen Weg finden, um solche einfachen Momente der Achtsamkeit in den Alltag zu integrieren.

Es ist nicht nötig, ständig nach großem Glück zu suchen. Oft liegt das wahre Glück in den einfachen Momenten des Lebens. Jeder Morgen, an dem man gesund aufwacht, ist ein wertvolles Geschenk. Diese Selbstverständlichkeit wird oft übersehen, dabei ist sie von großer Bedeutung. Ein neues Leben, das entsteht, ist ein einzigartiges Geschenk. Viele von uns haben möglicherweise den Zugang zur kindlichen Freude und zur Wertschätzung der kleinen Dinge im Leben verloren. Doch die kleinen, alltäglichen Dinge haben einen unschätzbaren Wert und können große Freude bereiten.

Apropos Spielplätze! Die waren während Coronas erstem Lockdown mit rot-weißen Absperrband gesperrt, damit sich dort keine Menschentrauben bilden und die Familien sich untereinander nicht anstecken.

Ob die ganzen extremen Maßnahmen, die folgten, stimmig waren, nachdem der Bildzeitungsaufreißer mit dem Killervirus wieder aus den Köpfen der Menschen verschwunden war, da man es besser wusste, weiß ich nicht, und das muss an dieser Stelle jeder für sich selber wissen. Corona hatte jedenfalls auch sein Gutes und das soziale Mit- und Füreinander unter der Bevölkerung wuchs, erstmal zumindest. Doch so schnell der Egoismus aus den Köpfen verschwunden war, so schnell kam er meiner Meinung nach auch wieder zurück zu den Menschen. Leider findet man nicht immer und überall das Gute im Menschen, nur wenn man daran glauben mag., Ich denke, von Natur aus ist jeder Mensch ist erst einmal gut und unschuldig. Doch es ist der gesellschaftliche Druck selbst, der uns von außen häufig schnell verformt, und wir merken es nicht mal durch den ganzen Stress und Leistungsdruck, den wir uns ständig neu aufladen. Eine Übergereiztheit ist es dann, die da noch übrig bleibt, und wo lassen wir die ab? Wir schimpfen beim Autofahren oder über die Unverschämtheiten der Anderen, die aber doch eigentlich auch nur genauso gehetzt wie wir selbst oft durchs Leben fetzen. Durch diese Unachtsamkeit zerstören wir letztlich doch nur unsere kleinen feinen Antennen, die aber eigentlich dafür da wären, uns zu sensibilisieren.

Vieles ist passiert, was ich bis heute nicht verstehe. Ich meine es wurde an Vieles gedacht, großartige Rettungspakete seitens des Staates verabschiedet, doch ich will jedoch gar nicht wissen, wie viele Alte und Alleinstehende an dieser Stelle vergessen wurden, die mit der Einsamkeit stark zu kämpfen hatten oder auch noch haben.

Schwieriges Thema und ich möchte mich nicht in Details verlieren. Denn ich schreibe nur meine Gedanken auf und bin froh, dass ich manche Entscheidungen in puncto Corona nicht treffen musste.

Für mich gab es dann auch, wie für alle anderen Eltern auch, diese bestimmten Zeiten, wo die Kinder anfangs wieder für sechs Stunden pro Tag in die Kindergärten kommen durften. Ich meine, geht's noch? Wieso? Wo ist da der Sinn? Passiert nach 6 Stun-den etwas, was innerhalb dieser nicht passieren kann? Ich fühlte mich in dieser Zeit sehr allein gelassen, nicht dass ich nur alleine war, ich fühlte mich auch von diesem System im Stich gelassen. Würde ich ein Fazit über diese Zeit ziehen, so sähe dieses so aus, dass in dieser Zeit wirklich jeder nur an sich selbst gedacht hat.

Irgendwann kam dann wieder die Entlastung, die Kinder konnten Ende April in die Kitas zurück, ich wieder meiner Arbeit nachgehen und somit erstmals wieder durchatmen. Verrückt, die Normalität kam zwar Stück für Stück zurück, aber der Schock, welches Ausmaß so eine Pandemie haben kann, ist doch geblieben.

Bis heute ist die Erinnerung an diese Zeit noch immer erschütternd. Die Menschen auf der Straße behandelten einander wie Aussätzige, als würde jeder den Tod selbst mit sich bringen. Die Angst vor Ansteckung war allgegenwärtig und führte dazu, dass sich alle gegenseitig mieden. Diese kollektive Isolation ließ mich nicht nur körperlich, sondern auch psychisch leiden. Ich fühlte mich wie ein Ausgestoßener, den niemand näher kommen wollte. Es schien, als ob eine unsichtbare Aura mich umgab, die die Menschen fernhielt. Aufgeben und in diesem Zustand zugrunde gehen – das kam nicht in Frage. Wie es ohne meine Kinder gewesen wäre, ist schwer vorstellbar. Sie haben mir das Leben gerettet, auch wenn das vielleicht hart und etwas übertrieben klingt. Wenn zusätzlich zur Trauer auch noch alle sozialen Kontakte wegfallen, wird die Gedankenschleife ziemlich dunkel. Zwar verfliegen diese düsteren Gedanken irgendwann wie graue Regentage, doch die schwermütigen Gewitterwolken im Kopf sind zunächst hartnäckig.

Isolation. Jeder Tag zog sich in endlosen Wiederholungen dahin. Aufstehen, arbeiten, mit den Kindern spielen und immer wieder in das gleiche Waldstück fahren, um Tipis zu bauen. Jemanden treffen? Ausgeschlossen. Niemand wollte sich noch mit jemandem treffen. In dieser Zeit musste jeder Handgriff sitzen, mein Nervenkleid besonders strapazierfähig sein und manches, was sonst schnell erledigt war, dauerte doppelt so lange. Als die Kita zum ersten Mal ausfiel, wurde mein Tagesablauf zusätzlich von zwei kleinen Kindern bestimmt. Anziehen, ausziehen, anschnallen, abschnallen. Aufsicht beim Einkaufen für zwei kleine Stoppelhopser zwischen Maskenträgern und Kühlregalen.

Sonntags ging es auch auf die hauseigene Baustelle, denn das Bauprojekt war in vollem Gange. Die Spielplätze waren zwar geschlossen, doch der Bausand war reichlich vorhanden. Diese Zeit war äußerst turbulent. Im Sommer 2020 saß ich auf einem Stein mitten auf der Baustelle, mit dem Laptop auf den Knien, und arbeitete, während unsere Kinder im zukünftigen Garten spielten. Es erforderte eine Menge Fantasie, sich diesen Ort als Garten vorzustellen.

Besonders bemerkenswert war, wie unsere Kinder die ganze Situation meisterten. Ihre Geduld und ihr Verständnis trugen maßgeblich dazu bei, dass wir die große Baustelle gemeinsam bewältigen konnten. Die Situation wurde für sie zur Normalität. Auch wenn sie ihre Mutter vermissen, wissen sie doch, dass wir als Familie zusammenhalten.

Es war und ist eine Herausforderung, aber ich tue mein Bestes, um sicherzustellen, dass sie nichts Wesentliches vermissen. Die Abwesenheit ihrer Mutter ist schmerzlich, und trotz aller Bemühungen kann ich diesen Verlust nicht vollständig kompensieren.

Für mich war diese Zeit prägend, da ich mich alleine und weiterhin allein fühlte. Der ständige Egoismus, dem ich begegnete, verstärkte auch meinen eigenen Egoismus. Dieser Egoismus, der sich in mir entwickelte, war nicht immer gesund, half mir aber, eine gewisse Abhärtung zu erreichen und die Trauer zu verarbeiten.

Diese kühle Distanziertheit, die mir durch meine Mitmenschen begegnete, war zumindest etwas, dass ich auf den Tod meiner Frau beziehen konnte. Es half mir, mich von meinen Gefühlen zu distanzieren. Diese Anonymität und Abgrenzung, die zu dieser Zeit überall war, hatte also auch bedingt ihr Gutes für mich.

Es heißt oft, dass einem Glück im Unglück widerfahren kann. Doch gibt es so etwas wirklich? In diesem - meinen Buch, das eher wie ein langer Monolog anmutet, werden Fragen behandelt, die das Leben unweigerlich aufwirft. Es scheint mir wichtig, über das eigene Dasein nachzudenken und hin und wieder das Gegebene infrage zu stellen.

Rückblickend betrachtet beherrschte Corona uns alle und stellte ein gesamtgesellschaftliches Problem dar und veränderte jeden Einzelnen von uns. Aus meiner Sichtweise heraus kann ich nur sagen, wie es für mich ist, wenn wir ausschließlich nur über die Veränderung der Persönlichkeit in Bezug mit Corona sprechen würden. Mir hat die Anonymität, die durch Corona aufkam, ein Stück weit geholfen. So viel dazu. In dieser Zeit jagte ein Extrem das Nächste bei mir.

Der Ablauf der Zeit: Geburt, Ausbildung, Beruf, Familie, alt werden und sterben. Und dazwischen?

Wenn zumindest einer dieser eben genannten Bausteine des Lebens mal aus der Reihe tanzt und nicht so planbar greifbar ist, gerät alles aus den Fugen. Die totale Katastrophe ist die Folge, für viele zumindest. Auch für mich – zumindest dachte ich das am Anfang. Denn ich habe am eigenen Leib erfahren, was es bedeutet, wenn sich wirklich alles auf den Kopf stellt und ich habe die Aufgabe, mein Schicksal auch als Chance zu erkennen, meiner Meinung nach erfolgreich bewältigt. Und allein das zählt! Nicht die Meinung der anderen Menschen, sondern das, worauf am Ende des Tages Du persönlich stolz bist, unabhängig davon, was es ist. Für mich war es an einigen Tage das leckere Abendessen, an manchen ein guter Auftrag in meiner beruflichen Tätigkeit

In dieser „Corona-Periode" höre ich rings um mich herum alle schreien, wie schlimm es doch ist. Dann geht es jetzt allmählich weiter mit den Energiekosten, die dann nicht mehr zu bezahlen seien und trotzdem sehe ich überall in der Stadt die Leute in den Cafés sitzen, nachdem ihr moralischer Aufschrei beendet ist und weiterhin Kaffee für vier Euro schlürfen. Verrückt! Klar sind drastische Heizkostenerhöhungen schlimm, aber so viel Moral wie wir tagtäglich predigen, wenn es dann bei einem Mal selbst etwas ungemütlicher wird, ist einfach Heuchelei.

Für viele war Corona dann doch gar nicht so schlimm. Vieles im Leben zwischen Arbeiten, Smartphone und Netflix schauen hat sich dann doch nicht geändert, oder doch?

Stimmt, das Auskotzen und Meckern über Andere fiel auf einmal temporär mal weg und man war mal mit sich selbst konfrontiert. Ich denke, es wurde zumindest die eigene Unzufriedenheit entdeckt. Corona sei dahingehend (wohl) an dieser Stelle einmal Dank!

Die Wochenenden, meistens hasse ich diese Tage!

Und Ich?

Nun neben Corona habe ich mich mittlerweile an das Alleinsein gewöhnt, aber anfangs habe ich mich nicht über meine Wochenenden gefreut. Die zwei freien Tage, die der Familie heilig sind, nun ich tat mich sogar anfangs sehr schwer damit, allein mit den Kindern rauszugehen. Überall sieht man glückliche Pärchen, die Spielplätze sind überfüllt davon, und ich komme so als alleinerziehender Vater dazu. Ob ich tatsächlich so wahrgenommen werde, weiß ich nicht – aber es fühlte sich immer stark danach an. Ich habe mir zwar dann immer im Kopf gesagt: „Weißt du Tom – es kann ja auch einfach sein, dass die Leute denken, dass deine Frau arbeiten muss und deswegen nicht jetzt hier dabei ist." Ich fühle mich aber dennoch stark beobachtet und sehe nun mal bei den anderen, was ich gerne hätte. Wochenends sind wir nur für Spaziergänge dann dreißig bis vierzig Kilometer weit weggefahren, denn ich konnte es nicht ertragen, die Blicke der anderen wieder abzukriegen. Meine Angst bestätigte sich, es sprach sich irgendwann herum, dass ich der Alleinerziehende mit zwei kleinen Kindern bin und die mitleidigen Blicke waren ab da an nicht mehr weg zu denken. Ich ertappte mich dann alsbald dabei, dass ich auch damit anfing und sogar alten glücklichen Pärchen heimlich missmutige Blicke zuwarf, die im Cafe in meiner Nähe saßen. So eine ungesunde Umkehrwirkung hatte es auf mich. Ich fand den Kreislauf des Lebens so ungerecht, so viele Menschen, die bis ins hohe Alter glücklich sein dürfen, und mir wurde es verwehrt.

Ich schäme mich für meine Gedanken, aber was soll ich machen? Sie begleiten mich nun mal! Ein Psychologe würde mir vermutlich sagen, dass dies ganz normal ist, weil wir uns immer nach dem sehnen, was wir selbst nicht haben – ganz normale Verhaltensweisen eben. Aber das bringt mich auch nicht weiter. Ich habe für mich dann doch einen anderen Weg finden müssen, der mir Abhilfe schaffen konnte. Unter der Woche funktioniert das auch ganz gut, alles ist schließlich von vorne bis hinten gut durchstrukturiert – keine Zeit zum Nachdenken. Für mich braucht es das, auch heute noch. Denn hätte ich damals die frischen, tiefen Wunden in meiner Seele angeschaut, wäre ich daran zu Grunde gegangen. Der Verlust von Kathrin hat die tiefsten Wunden in meiner Seele hinterlassen, doch leider war es nicht der einzige Schicksalsschlag, den ich ertragen musste. Obwohl dies nicht das zentrale Thema dieses Buches ist, bleibt die Tatsache bestehen, dass das, was 2018 und dann erneut 2019 geschah, für einen einzelnen Menschen kaum zu ertragen ist. Elisa, unsere Tochter, war das einzige Licht in einer ansonsten düsteren Zeit. Für uns als Paar war diese Zeit eine unvorstellbare Prüfung. Wir hatten gerade begonnen, uns von einem schweren Schicksalsschlag zu erholen, als Kathrin aus dem Leben gerissen wurde.

In solchen Momenten stellt man sein ganzes Leben infrage. Der Schmerz war so überwältigend, dass ich nicht weiterleben wollte. Doch dann waren da die Kinder. Sie waren der einzige Grund, warum ich trotz allem weitergemacht habe. Es war ihre Existenz, die mich am Leben hielt. Heute weiß ich: Ich verdanke ihnen mein Leben.

Jeder Mensch hat da so seine ganz eigenen Methoden, mit Schmerz und Trauer umzugehen. Ich möchte auch hier nicht behaupten, das meine Variante die beste war, bzw. immer noch ist! Es hat lediglich mir selbst geholfen damit umzugehen und nur allein darauf kam es damals an. Und jetzt die Wochenenden, trotz freier Zeit, sind sie total fordernd. Erholung sieht für mich mittlerweile leider anders aus. Die Floskel schönes oder erholsames Wo-chenende war nicht mehr für mich bestimmt. Tatsächlich wurde es erst wieder erholsam, wenn ich die Kinder wieder montags-morgens in die Kita fuhr. Versteh mich auch an dieser Stelle er-neut bitte nicht falsch.

Elisa war anfangs noch sehr klein, gerade mal zehn Monate alt. Kein Mensch nimmt einem die Verantwortung ab und zwei kleine Kinder sind neben der Selbstständigkeit eine sehr große Verantwortung.

Es ist zwar total erfüllend, die Verantwortung für die zwei kleinen Menschen zu haben, aber Erholung sieht wie gesagt anders aus. Für mich war es auch immer wieder erschreckend zu hören, wie schnell und unbedacht solch eine festgefahrene Floskel immer wieder so leicht über die Lippen huscht.

Mein Umfeld wusste nun zwar, dass ich wochenends isoliert mit meinen zwei Kleinen war, doch kam immer wieder oft, wenn man sich freitags nochmal begegnete, ein schnelles aufgesetztes:

„Schönes Wochenende!" zum Abschied. Klar es ist eine nette Geste, aber betrachtete man es mal näher, war es wie das amerikanische „how are you!", einfach überflüssig. Keiner wollte wirklich wissen, wie es mir geht oder ob ich ein schönes Wochenende habe. Schöne Dinge passieren doch auch dadurch, dass man sie gemeinsam mit anderen Menschen teilt oder erst erfährt, oder? Aber wenn da rein gar nichts kommt, oder dahingehend passiert, fühlt es sich für mich auch nur wie geheucheltes Interesse an. Ich will niemandem da etwas ankreiden, es stört mich lediglich nur, dass so viel gesagt wird ohne mal wirklich darüber nachzudenken. Oder habe ich nun einfach zu viel Zeit, um mir um alles Mögliche Gedanken zu machen? Ich glaube nicht!

Das so übliche Einladen zum Kaffeetrinken blieb bei uns auch aus. Dabei laden sich doch die Menschen ständig untereinander ein und auch wir, als Kathrin noch lebte, wurden das auch ständig. Es war ganz klassisch: Ein Pärchen lädt ein anderes Pärchen ein. Also einen Mann für einen Mann und eine Frau für eine Frau, damit sich jeder etwas zu erzählen hat. Doch ich habe mich als alleinerziehender Vater oft nur noch als Störfaktor erlebt.

Ich bin mir heute sicher, dass meine damalige Wahrnehmung an vielen Stellen falsch war, aber der emotionale Abstand war einfach nicht so groß, wie er heute ist. Sicherlich habe ich auch vielen Menschen Falsches unterstellt, aber es war einfach die Zeit. Ich passte einfach nicht mehr in die Dynamik rein. Für eine größere Runde ja, da passte es dann wieder, aber ansonsten nicht. Es ist nicht so, dass ich mir das einbilde! Ich habe mich mit vielen alleinerziehenden Müttern unterhalten und denen geht es ähnlich! Aber warum ist das so? Ich glaube, das hat halt immer schon so funktioniert und würde sonst für vielerlei Menschen zur Verlegenheit führen. Die Gesprächsthemen würden fehlen und wie ich dir ja schon sagte, die Menschen sind halt Herdentiere, die ihresgleichen suchen. Es sind Kleinigkeiten, die es aber doch sehr schwierig machen. Und nebenbei bemerkt, alleinerziehende Müt-ter, schrieb ich ebe! Alleinerziehende Väter gibt es da keine in der Kita, mit denen ich mich hätte austauschen können!

Das typische Denken ist ja nicht, dass der eine Part die ganze Zeit alleinerziehend ist. Aber meine Wochenenden sind nun mal geprägt von dieser Dynamik. Bei mir gibt es halt nicht dieses Wechselmodell, eine Woche hier und die andere Woche da, da ist leider kein zweiter Part mehr an meiner Seite, der die Kinder mitbetreuen könnte.

Meine Wochenenden sind anders, doch sind wir genauso eine intakte Familie. Wir schlafen gerne lange aus, oder liegen morgens noch länger gemeinsam im Bett und schauen auch schonmal gemeinsam auf dem Tablet etwas an oder lesen eine Geschichte. Der Vormittag kann dann schonmal im Schlabberlook am Frühstückstisch sein. Also alles gar nicht so untypisch. Natürlich genießen wir auch die zwei freien Tage und haben viel Family-Qualitytime zusammen. Die Anstrengung ist im Lauf der Jahre jetzt natürlich auch weniger geworden, da wir ein eingespieltes Team sind und die Kids natürlich auch älter werden. Ergo ist natürlich auch nicht alles blöd an diesen beiden Tagen. Das unbeschwerte in den Tag hineinleben hat ja schließlich auch seinen Reiz. Es bleibt auch genügend Zeit für die Dinge, die normalerweise unter der Woche untergehen. Wir haben andere Kinder/ Freunde aus dem Kindergarten oder Schule zum Spielen oder als Übernachtungsgäste und, und, und. Das ganz normale also was in jeder anderen Familie auch so passiert.

Es ist dann sogar mal schön mit den Kindern zu backen, auch wenn ich es eigentlich nicht mag. Aber die Kinder lieben es nun mal.

Für mein persönliches großes Defizit habe ich bisher leider nicht, wie beim Backen, das richtige Rezept gefunden. Die große Einschränkung, die mich begleitet, ist nun mal, dass ich von meinen Kindern großteils mitgesteuert werde und mich ganz nach ihnen richten muss und auch will.

Das ist aber auch gleichzeitig mein großes Problem. Ich traue mich nicht, nach Hilfe zu fragen. Warum?

Wie ich Dir schon weiter vorne im Buch erzählt habe, könnte ich nicht garantieren, auch so zu helfen, wie mir eventuell geholfen werden würde. Ich kann keine Verbindlichkeiten gewährleisten, da ich in meiner Handlung eingeschränkt bin. Ich bin einfach zu sehr gehemmt und ziehe mich dann lieber zurück.

Ich ziehe mich also zurück, aber ich kann mir das wiederum auch nicht leisten, denn als alleinerziehender Vater brauche ich ein funktionierendes Netzwerk.

Corona kam ja dann noch erschwerend dazu, Kathrin war ein dreiviertel Jahr tot und in der Zeit hatte ich drei Freunde, die mir anboten zu kommen. Aber als ich sie wirklich gebraucht hätte, erreichte ich nur eine. So schnell kann das von jetzt auf gleich wieder gehen, dass man einmal mehr alleine dasteht. Lass irgendwas passieren, eines der beiden Kinder wird krank und Du musst abends noch mit ihm ins Krankenhaus und dann? Wenn Du diese vermeintlichen Freunde nicht mal tagsüber erreichst, geschweige denn einen Rückruf von ihnen bekommst, musst Du es dann auch nicht mehr abends oder nachts versuchen.

Die letzten Monate also waren dann leider durchsetzt mit Angst, Panik und Verzweiflung und vieles, was so anstrengend und undenkbar gewesen wäre, um es auch nur an einem Tag zu schaffen, musste funktionieren.

Im Nachhinein nun bin ich überzeugt, jeder könnte es schaffen, wenn er es nur müsste. Extreme Situationen sind niemals unüberwindbar, sie hinterlassen zwar Spuren bei dem Menschen, der sie ertragen muss, doch es ist schaffbar - wenn man nicht vor ihnen davonläuft.

Ich hatte nicht die Option, davor zu flüchten, selbst wenn ich es gewollt hätte! Auch kann ich Dir nicht im Detail erklären, wie ich alles im Einzelnen so gestemmt habe. Das Einzige nur, was ich Dir hier an dieser Stelle mit Gewissheit schreiben kann, ist, dass es möglich ist! Wir alle wachsen an unseren Aufgaben.

Halt findet man selten in anderen Menschen, sondern am ehesten noch in einen selber oder aber auch an Orten, die uns Halt und Kraft spenden.

Sogenannte umgangssprachliche „Kraftorte" sind meist markante Plätze, an denen wir uns intuitiv wohl fühlen.

Für mich, war es dann hinsichtlich meiner Situation, klassisch der Friedhof, an dem auch die Kinder eine „fast greifbare", oder aber wenigstens rituelle Nähe zu ihrer verstorbenen Mutter erleben können. Und Rituale sind es, die unsere Routinen prägen, ob bewusst oder unterbewusst.

Unser Ritual, Hallo zu sagen.

So sehr ich auch die Kirche hinter mir gelassen habe, bin ich doch froh, dass es den Friedhof gibt. Ein Ort, an dem ich ganz in Ruhe mit den Kindern bei dir, liebe Kathrin, sein kann. Hier brauche ich keine vielen Worte finden, ich kann einfach mit den Kindern verweilen und dir nahe sein. Es ist unser festes Ritual geworden und wir fahren nach wie vor jeden Sonntag dorthin.

Als Kathrin damals verstarb, begleitete mich ihre Tante auf den Friedhof, um eine letzte schöne Ruhestätte zu finden. Allein wäre ich damals dazu nicht in der Lage gewesen. Wir gingen so über den Friedhof und kamen an einem Rosenstrauch vorbei, wo rosa Rosen erblühten, Kathrins Lieblingsfarbe war rosa und so wusste ich, das ist der Ort, an dem sie beerdigt werden sollte.

Es ist ein Kraftort, an dem ich all die Worte sagen konnte, die ich nirgendswo anders hätte sagen können oder wollen.

Ich bin froh, dass wir unser Ritual gefunden haben, die Kinder und ich fahren gemeinsam zu dem Grab und ihnen ist es wichtig, die Mama zu begrüßen und auch wieder zu verabschieden. Wir verbringen unterschiedlich viel Zeit dort, picknicken oder essen Kekse oder Kuchen. Elisa wollte sogar einmal auch ein Stück Kuchen für Mama mitnehmen und das taten wir dann auch.

Die Kinder sitzen dann gemeinsam am Grab und sie erzählen Mama ein bisschen, was ihnen so passiert oder was sie in der Kita/Schule erlebt haben.

An einem dieser Sonntage passierte es, als ich das Grab ein bisschen ordentlich machte, dass Elisa nach kurzer Zeit zu mir sagte: „Papa, ich würde Mama wirklich gerne mal umarmen!"

Ich schlug ihr vor, dass sie die Augen zu macht, an Mama denken solle und mich dann umarmen könne. Sie überlegte kurz für sich und machte es dann anschließend. Dann war es auch wieder gut für sie. Wie ich dir schonmal erzählte, mache ich vieles intuitiv und ich finde es für mein Kind gut, dass ich ihm eine Handlung anbiete, in der es Nähe erfahren kann. In so einer Situation kann ein Kind doch viel mehr damit anfangen als mit vielen Worten. Ich bin kein Pädagoge, aber als Vater kann man doch das eine oder andere durchaus sehr gut aus dem Bauch heraus entscheiden.

Kinder brauchen Liebe und Fürsorge, wenn sie sich aufgehoben fühlen, können sie sich aus dieser Geborgenheit heraus gut entwickeln. Und die Kinder und auch ich brauchen Halt und dieser lässt sich auch gut in Ritualen finden, die man in den Alltag integriert.

Ab und an haben wir einen Heliumluftballon mit einer Botschaft an die Mama in den Himmel steigen lassen. Ich sage den Kindern dann, wenn der Ballon nicht mehr zu sehen ist, dass sich den die Mama jetzt geschnappt hat. Ein anderes Ritual ist, dass wir einen Brief schreiben und ihn dann in unserem Ofen verbrennen und ihn somit an die Mama in den Himmel schicken.

Es sind diese Verbildlichungen, die den Kindern, aber auch mir helfen, Sehnsüchte und Gefühle des Schmerzes, die schwer greifbar sind, wieder ein Stück weit loszulassen. Es macht ihnen ihre Mutter greifbarer und ich finde es gut, diese Rituale zum Teil auch auf kindlicher Ebene so zu transportieren. Ich habe ihnen erzählt, dass immer, wenn sich die Wolken rosa verfärben, Mama gerade in action ist. Sie backt dann Kekse, liest was, macht Sport oder springt von Wolke zu Wolke.

Wir feiern auch Kathrins Geburtstag und nicht ihren Todestag, dadurch bleibt sie für uns ein fester Bestandteil unseres Lebens. Denn ein solches Ritual sollte in dieser Hinsicht ein besonderer Moment der Besinnung sein.

Wenn die Kinder Erfolg haben und Alexander z.B. eine gute Beurteilung aus der Schule mit nach Hause bringt, oder Elisa etwas toll macht, dann sage ich ihnen, dass ich wahnsinnig stolz auf sie bin und Mama das auch ist.

Als stellvertretendes Sprachrohr für sie hier auf der Erde, sage ich meinen Kindern dann das, wovon ich weiß, dass sie es an meiner Stelle zu ihnen gesagt hätte. Für mich und die Kinder eine schöne Möglichkeit, um Kathrin an unserem Leben teilhaben zu lassen. Mir ist das ungeheuer wichtig, denn die Kinder haben ein Recht auf ihre Mutter. Rituale werden also weiterhin ein großer Bestandteil unseres Lebens bleiben, um solche Momente schön zelebrieren zu können. Ich glaube, liebe/r Leser/in, es wird auch Dir so gehen, dass Du Rituale in Dein Leben integriert hast, meistens betitelst Du sie Dir vielleicht nicht bewusst als solche, sondern hast sie Dir vielleicht im Kopf unter sich etwas gönnen oder etwas Wohlwollendem verbucht.

Wie es auch sein mag, eines ist sicher, es ist bewiesen, dass sinnvolle Rituale uns im Leben mehr Lebensqualität ermöglichen.

Es lohnt sich, sich mit dem auseinanderzusetzen, was in dieser Situation möglicherweise von Interesse sein könnte. Hierbei soll nichts aufgedrängt werden, sondern es werden lediglich Denkanstöße gegeben, die zwar vielleicht bereits bekannt sind, jedoch häufig übersehen werden, obwohl sie offensichtlich sind.

Es liegt in der Natur des Menschen, einfache Dinge unnötig zu verkomplizieren. Oft genug stellt man fest, dass man sich selbst im Weg steht.

Es wäre vieles so viel leichter, würden wir die Welt wieder mit Kinderaugen betrachten.

Rituale haben für Kinder eine fast schon heilige Bedeutung. Sie sind sehr daran interessiert, dass diese ordnungsgemäß und regelmäßig eingehalten werden. Denn Kinder sind noch nicht so verkopft wie wir Erwachsenen, sie bewahren sich ihre Leichtigkeit ganz automatisch und bewahren sich einen magischen Charme der Welt. Es muss nicht immer alles logisch erklärt werden, oft reicht ein manches Mal auch, dass etwas einfach so ist.

Elisa und Alexander

So viel ich Dir schon nun erzählt habe, so kommt doch das beste Kapitel in diesem Buch zum Schluss. Es handelt von meinen Kindern und könnte somit nicht besser sein.

Fakt ist, die beiden sind mein Lebensinhalt und das Beste, was ich im Leben und in Verbindung mit dem Menschen, mit dem ich mich so sehr verbunden fühlte, geschaffen habe. Sie sind das Abbild unserer Liebe, vollkommen und perfekt. Ich danke dir Kathrin, dass du unseren beiden Kindern auf die Welt verholfen hast.

Mit diesen Zeilen möchte ich mich auch noch einmal direkt an dich liebe Kathrin wenden und dir sagen, dass deine Tochter mich oft fragt: „Papa, was würde Mama da an dieser Stelle machen?"

Sie ist dein schönes Ebenbild und auch wenn sie keine bewusste Zeit mit dir haben konnte, so merke ich doch jetzt schon in ihrer pfiffigen Art, wie sehr du durch sie erstrahlst. Natürlich, bei Alexander merke ich auch die Ähnlichkeiten zu dir, er ist ein so zarter und einfühlsamer, liebenswerter Junge, obwohl er natürlich nur noch cool sein will. Unsere Kinder machen das super und entwickeln sich total schön!

Es ist auch schön zu sehen, wie viel sie seitens deiner Familie erzählt bekommen.

Tante, Onkel und auch die Ruftante und auch der Rufonkel kommen viel vorbei und sind sehr an den Kindern interessiert und verbringen gemeinsam Zeit mit ihnen und erinnern sich an dich.

Ich möchte mich hier an dieser Stelle nochmal ganz herzlich bei Ulrike und Manfred sowie Gerd und Margita bedanken. Ihr kanntet Kathrin am besten und es ist einfach schön für die Kinder, den Familienzusammenhalt zu spüren, den sie mit euch erleben.

Wir haben zwei glückliche Kinder und klar sie vermissen an vielen Stellen ihre Mutter, aber ich bin so stolz, dass sie einen Weg für sich gefunden haben, mit mir gemeinsam und auch alleine für sich selbst damit umzugehen. Es ist nicht selbstverständlich, wie sie das in ihren jungen Kinderjahren schon machen – aber es ist einfach so toll, es bestaunen zu können.

Alexander hat das Thema Tod und den Verlust seiner Mutter zu erleben nochmal anders wahrnehmen können als Elisa. Sein Bewusstsein ist halt schon weiter ausgeprägt und er hat die ersten Jahre noch seine Mutter miterleben dürfen. Er erzählte im Morgenkreis in der Schule, wo die Kinder berichten dürfen, was sie so beschäftigt, von sich aus, dass seine Mutter schon gestorben ist und er aber auch nicht weiter darüber erzählen will. Ich bewundere ihn dafür, dass er mit so einer Offenheit an dieses schwere Thema herantreten kann und sich so proaktiv öffnete.

Das sagen Eltern zwar immer: „Aber wir haben wirklich zwei ganz tolle Kinder, auf die wir unglaublich stolz sind!"

Ich muss es einmal mehr an dieser Stelle einfach niederschreiben! Unsere Kinder sind einfach magisch! Wenn ich an die dreckige Lache meiner Tochter denken muss, die den ganzen Raum einnimmt oder mein Sohn mit seiner strahlenden Erscheinung geht bei mir im Herzen automatisch die Sonne auf.

Wären meine Kinder heute nicht mehr da, wäre ich es mit Sicherheit auch nicht mehr. Die beiden geben mir den Halt und Sinn, den es für meinen Lebensinhalt braucht. Sie sind der Grund warum ich mich so ins Zeug schmeiße, alles erdenklich Mögliche für sie zu verwirklichen!

Und diese Aufopferung hat auch durchaus ihr Gutes, denn ich habe eine Aufgabe, der ich gerecht werden will! Ein kleine Erinnerung:

Zu Alexanders viertem Geburtstag schmiss ich auf seinen Wunsch hin eine Captain Sharky Mottoparty. Wir feierten auf der Baustelle des noch kernsanierungsbedürftigen Hauses. Seine ganzen Freunde und die Familie waren da. Die Kids durften die Wände besprühen, die noch in der Rohbauphase waren und mein Bruder war als Pirat verkleidet. Eine Erinnerung, die mich erfüllt, weil ich weiß, ich habe alles gegeben und werde es weiterhin.

Dies hier aufzuschreiben und vieles weitere ist wie ein kleiner literarischer Schatz, den ich für die Kinder hüten darf.

Generell schreibe ich meinen Kindern schon lange Zeit kleine Briefe oder Nachrichten in regelmäßigen Abständen. Diese kommen dann in eine Kiste, die ich unter Verschluss aufbewahre. Mit Achtzehn bzw. wenn sie dann erwachsen sind, bekommen sie die dann von mir. Auf diesen Briefchen steht dann beispielsweise drauf: „Toll Alexander, dass du heute dein Seepferdchen gemacht hast!" oder „Weißt du Elisa, mir gings heute nicht so gut, weil..., und danke das du mich umarmt hast." Aber auch eine Entschuldigung wird niedergeschrieben, denn auch ich bin mal laut und reagiere über... Das Ganze wird dann datiert und sorgfältig archiviert.

Es gibt nun mal diese Momente, an denen ich überfordert bin und auch falsch reagierte. So ist es für mich eine schöne Möglichkeit zu reflektieren und mit den Kindern, wenn sie erwachsen sind, nochmal vieles Revue passieren zu lassen.

Vieles, was sich da so ansammelt, ist dann in die Jahre gekommen und die Kinder erinnern sich nicht mehr, aber ich hebe alles auf und vielleicht gibt das eine oder andere dann noch zu irgendetwas Aufschluss.

Jeder kennt es schließlich, wenn mal die Worte fehlen und das zu kompensieren, weil es meiner Meinung nach sein muss, ist unendlich wertvoll. Also schreibe ich es auf, denn es fängt mich auf.

Ich bin sehr froh und dankbar, unsere zwei Kinder zu haben, die so feinfühlig sind und sogar auch spüren, wenn es ihrem Papa mal nicht gut geht. Es wäre mir gar nicht möglich, es zu verstecken, da mich zu verstellen oder so zu tun, als ob nichts wäre und ich will es auch gar nicht! Sie kommen dann einfach instinktiv zu mir, nehmen mich automatisch in den Arm und zeigen mir so auf:

„Hey! Es sind wir drei und wir schaffen das!"

Ich bin so froh, dass wir gemeinsam lachen, weinen und auch schweigen können! Ich will, dass ihr wisst, dass für eure Wünsche und Sorgen immer genug Platz in meinem Leben sein wird. Das ist mein Job, ich bin Papa mit Leib und Seele!

Verschlossen, keiner kann mir helfen – oder doch?

Tiefe Einblicke in mich, tiefe Einblicke, die ich gewährte, die sich immer wieder erneut im Buch zeigen.

Ich hatte eigentlich nicht die Absicht, mich so zu öffnen. Aber als das Ganze begann und ich anfing, in meinem Innersten zu graben, wurde es natürlich direkt sehr persönlich. Eine Offenbarung, oder auch ein Seelenstriptease, den ich da hingelegt hatte. Das war zwar so nicht geplant, schließlich schrieb ich in erster Linie für mich. Jedoch je mehr ich schrieb, desto besser fühlte es sich an und ich mich auch dadurch.

Für mich ist es ein guter Mittelweg über die Dinge zu schreiben, ohne dass ich den Drang verspüre, mit jemandem darüber persönlich sprechen zu müssen. Eine Erkenntnis, die mir kam, als ich in meinen Gedanken so am Schreibtisch saß und versunken in meinen Laptop blickte. Man kann sich also auch äußeren, ohne sich je geäußert zu haben. Durch das Buch sprechen und trotzdem die Anonymität wahren.

Für mich ist das perfekt so!

Wenn ich also so tief in mich hineinschaue und tiefe Emotionen äußere, vielleicht auch dunkle Gedanken noch dazu, dann ist das meine Lösung, so mit meiner Thematik umzugehen. Die dunklen Gedanken ausgraben und wieder bunt anmalen, damit sie wieder schöner werden. Ein natürlicher Stimmungsaufheller ohne Chemie.

Retrospektiv betrachtet ist es für mich wie eine Feedback-Schleife an mich selbst. Diese ganzen Prozesse, die da währenddessen in meinem Kopf wie ein Film abliefen, bekamen so die nötige Klarheit, die sie brauchten.

Ich habe mich mit meiner Krise sehr alleingelassen gefühlt. Hilfe holen? Gesprächstherapie? Nun, es war nicht mein Weg, zu einem Psychologen zu gehen. Ein mögliches depressives Wolkentief, was da hätte aufkommen können und mich ganz aus dem Verkehr zieht, war zeitlich einfach nicht drin. Ich musste alle Eventualitäten von vorneherein ausschließen. So ist denke ich mal der rationale Verstand eines Selbstständigen. Erledige ich nicht die Aufgaben, die anfallen, gibt es keine Vertretung für mich.

Auch kam dazu, dass ich bis heute immer noch das Gefühl habe, es interessiert immer noch Keinen so richtig. Das oberflächliche höfliche Nachfragen nach meinem Befinden, der mich umgebenden Mitmenschen sind dann doch meistens nur leere Phrasen. Das liegt wohl auch ein bisschen an unserer westlichen Mentalität, diese Oberflächlichkeit. Wir kritisieren es zwar immer bei den anderen, aber fangen viel zu selten, bis gar nicht bei uns selbst an. Tiefgründige Gespräche, die uns emotional bewegen und vielleicht erschüttern, weisen wir gekonnt von uns.

Es ist ja auch gar keine Zeit dafür da, das Gehörte mal wirklich sacken zu lassen. Schließlich brauchen wir den Kopf frei, um ihn mit dem Alltagsmüll und Arbeitsstress gleich wieder zu befüllen.

Es erinnert mich so ein bisschen an den Englischunterricht, wo man das Sprechen lernte und auf die Frage „How are you?" gleich die vorgefertigte Antwort „I´m fine, thanks!" hatte.

Es verunsichert uns doch allgemein, wenn wir mal nicht gleich eine Antwort auf eine gestellte Frage haben. Denn diese bringt uns somit aus dem erlernten Musterkonzept, welches wir uns über die Jahre aufgebaut haben.

Ich weiß nicht, ob es immer und überall so ist, aber ich erlebe es in dem schnellen und hektischen aneinander vorbei Leben in der Großstadt. Wir Menschen haben einfach keine Zeit mehr, über Sinnhaftes nachzudenken. Dabei ist es so wichtig, meiner Meinung nach, sich solche tiefgründigen Fragen des Lebens zu stellen.

Denn was ist denn der wahre Sinn des Lebens? Ein erfülltes und glückliches Leben, wäre so die schnelle Pauschalantwort und das ist auch garantiert nicht falsch. Doch es wird immer noch zu oft vergessen, dass die die eigene Heilung auch nicht außer Acht gelassen werden sollte.

Ich möchte dieses Thema auch gar nicht weiter aufreißen, mein Wunschgedanke, den ich immer wieder beim Schreiben hegte, ist lediglich, zu sensibilisieren. Das Verhalten der Menschen vielerorts wollte ich ein kleines bisschen spiegeln und die Geschwindigkeit ein wenig herausnehmen – und dass auch bei mir. Von der Grobheit zu erzählen, die uns zu oft über die Gefühle unserer Mitmenschen trampeln lässt, ist, was ich aufzeigen möchte. Denn ich erwische mich sehr oft dabei, in alte Muster zu verfallen. Aber auch dann erde ich mich wieder.

Ich bin sehr froh, dass ich in meinem Buch die eigene innere Unzufriedenheit, die ich hatte, loslassen konnte. Zu oft habe ich mich wieder in die Rechtfertigung gedrängt gefühlt, dass auch ein Mann allein sehr wohl zwei kleine Kinder großziehen kann.

Mir ist es wichtig, dies niederzuschreiben und ich habe es in meinem Buch immer wieder mal wiederholt, dass endlich angefangen wird, darüber nachzudenken.

Tod und Trauer sind nun mal ein sensibles Thema und bedarf daher eine längere Episode an Zeit. Es ist nicht vordergründig der Ärger oder Groll in mir, der mich antreibt, es ist die falsche Bescheidenheit, die mich schweigen ließ, dafür aber befähigte zu schreiben.

Das ist auch mein Weg auf die Leute zuzugehen, bei denen ich es nicht im echten Leben geschafft habe zu sagen: „He euer Verhalten ist echt nicht ok!"

Aber viel wichtiger ist mir mit diesem Buch all jenen gut zuzusprechen, dass man jeglichen Vorurteilen nicht immer gleich entgegentreten muss.

Oft fehlt die Kraft, um zu sagen, was eigentlich längst überfällig wäre. Falls es Dir auch mal so geht, es ist nicht schlimm. Manche „Kämpfe" hat man nämlich schon längst im Geiste gewonnen, bevor man sie überhaupt sinnloserweise anfängt im wahren Leben zu fechten.

Mir ist es wichtig aufzuzeigen, dass ich gewiss nicht der tolle „super-Daddy" bin, der alles schafft.

Ja ich bin verwitwet, aber es gibt nicht nur mich, sondern viele weitere Alleinerziehende, die diesen Spagat täglich leisten und al-les geben, damit es ihren Kindern an nichts fehlt. Ich formuliere das hier so bewusst aus, weil ich nicht will, dass man mir mit übertriebenem Ton den Bauch pinselt, aufgrund meiner Situa-tion. Es ist ein sensibles Thema ja, aber habe mal einen Rollstuhl-fahrer vor Augen, der möchte auch nicht tagtäglich die mitleidi-gen Blicke spüren. Er wird es auch nur als ätzend wahrnehmen und so an seine Einschränkung wieder erinnert, die aber für ihn im tagtägliche Alltagsgeschehen selbstverständlich ist.

Vielleicht sollte man darüber anfangen nachzudenken, dass man nicht immer gleich in jeder Situation, die vermeintlich nach unserer Hilfe schreit, reagieren muss. Denn wir Menschen tendieren doch stark dazu schnell und überschwänglich gleich reagieren zu müssen.

Der Tod meiner Frau hat mein Leben kurzerhand auf ein neues extremes Level gestellt. Die letzten Jahre, die es für mich gebraucht hat, mich zu öffnen, waren zwar sehr schmerzhaft, doch auch sehr lehrreich.

Ich gehöre zu einer Art von Familienkonstellation, die in unserer Gesellschaft, wenn sie bewusst angesprochen wird, oft noch mit Skepsis betrachtet wird.

Es ist das Ärgste, was sich glückliche Paare vorstellen können, was eintreten könnte, und es hat leider auch seinen wahren Kern. Ich möchte mit diesen Zeilen aussprechen, was ich mich so sonst nie getraut hätte. Denn auf diesem Wege erreiche ich vielleicht noch viele andere Menschen mit Schwierigkeiten, denen es ähnlich geht und denen ich somit gut zu sprechen kann. Ob das jetzt Eltern, Alleinerziehende, junge Erwachsene oder ältere Herrschaften sind. Wir alle sind Superhelden und dürfen unsere Superkräfte gewagt und mutig entfalten. Ich bin mit diesem Buch meinem Schmerz bewusst begegnet und habe ihm die Hand gereicht. Klar sind die Ängste und Sorgen nicht von heute auf Morgen verflogen und manch ein wehmütiger Moment wird wahrscheinlich immer im Leben bestehen bleiben. Mir ist für mich bewusst, dass ich bei der Verarbeitung des Erlebten keine Hilfe empfangen kann, das ist auch ok so weit. Ich erhoffe mir nur, dass ich in keinem anderen Licht gesehen werde, nur weil meine Familienkonstellation eine andere ist. Es sollte eigentlich kein Thema mehr in unserer fortschrittlichen und doch so aufgeklärten Gesellschaft sein. Aber wenn die Thematik das Seelenheil betrifft, sind wir doch in vielerlei Hinsicht nur oberflächlich fortgeschritten. Denn in diesem rasanten Tempo, welches heutzutage vorausgesetzt wird, kann die Psyche einfach schlichtweg nicht mehr mithalten, alles verarbeiten und dann direkt wieder regenerieren. Verdrängen ja, aber sich bewusst die Zeit nehmen, die es braucht, um Denkprozesse richtig abzuschließen, machen die wenigsten. Und warum? Es fehlt, vermeintlich, an allen Ecken und Enden die Zeit dafür!

Wir Alleinerziehenden sind nicht vergessen und auch wenn wir bei Pärchen- oder sonstigen Verabredungen selten oder auch gar nicht bedacht werden, weil es ja kompliziert ist mit uns etwas zu unternehmen, so sind wir doch nicht allein. Es liegt immer an jedem selbst, was er aus der Situation entstehen lässt.

Das innere Ich zu heilen ist ein bedeutender Schritt im Leben. Der Weg dorthin ist individuell, da jeder Mensch selbst am besten weiß, was ihm guttut. Es kann Zeit und Geduld erfordern, manchmal sogar eine längere Auszeit, um sich selbst neu zu entdecken. Im Vergleich zu einem ganzen Leben ist ein Jahr der Selbstreflexion ein kleiner Zeitraum.

Der Moment, in dem man selbstsicher vor dem Spiegel steht und ehrlich sagen kann: „Ich mag mich!" bringt eine tiefe Zufriedenheit mit sich, die von innen heraus strömt. Diese Zufriedenheit gehört ganz der Person, die diesen Weg gegangen ist. Es handelt sich nicht um eine allgemeine Anleitung zum Glücklichsein, sondern um persönliche Erfahrungen, die das Leben prägen, beeinflussen und bereichern können.

Es ist mein Weg der Selbsthilfe nach nun fünf Jahren. Ich habe mich nicht getraut, die Trauer richtig zuzulassen. Aus Angst vor der Sonderbehandlung oder gar in Watte gepackt zu werden, habe ich mich nicht in professionelle Behandlung begeben. Ich konnte und könnte mich nicht darauf einlassen, weil ich nicht weiß, wie mein System körperlich und psychisch reagieren würde.

Mit Sicherheit denke ich das so eine Gesprächstherapie helfen kann, aber für mich stellt es eine Gefahr dar, dass es mich aus meiner Balance und somit der sicheren Bubble werfen könnte.

Es muss jeder für sich selbst herausfinden, was in so einer Situation richtig ist.

Ich kann nur noch an dieser Stelle schreiben, dass ich auch gerne ein manches Mal einen anderen Weg für mich gewählt hätte. Aber die Angst, die mich auch gleichzeitig schützt, ist zu groß. Ich kann nicht den Halt unter den Füßen verlieren und nicht mehr für meine beiden Kinder da sein.

Es beeinträchtigt mich nicht, mit vielen Sachen habe ich mich einfach arrangiert und ich denke nicht weiter darüber nach, da ich weiß, es gibt keine andere Möglichkeit.

Ein weiser älterer Herr hat mir mal gesagt man muss nicht immer glücklich sein, aber zufrieden!

Und wenn Zufriedenheit aus der inneren eigenen Akzeptanz resultiert, kann man sich mit vielem abfinden oder zumindest arrangieren.

Das ist für mich die hohe Kunst, zu leben!

Und ich habe dahingehend keine Zweifel an mir selbst, denn ich habe nun schon mindestens 250 Wochenenden ohne das gewohnte Pärchendasein durchlebt.

Wenn man verlassen wird, ist es das eine, aber wenn der Partner von jetzt auf gleich verstirbt, ist das leider eine außergewöhnliche Situation, der du erst einmal gerecht werden musst. Egal wie lange es dauern mag, der einzige Ausweg aus diesem endlosen Leidensweg, bevor Resignation oder eine unterschwellige Depression eintritt, ist die bewusste Konfrontation mit der Realität. Und das ist eine gesunde Einstellung, wie ich finde. Wichtig ist, dass ich diese Akzeptanz nicht mit Gleichgültigkeit gleichsetze.

Mich fragte kürzlich jemand, was in zehn Jahren wohl mal sei?

Nun ich werde es dann erst wissen, wenn ich es erlebe!

Trauer hat zwar auch immer gewisse Aspekte einer unterschwelligen Wut, die da vermeintlich mit einhergeht, aber wenn wir lernen, die eigentliche neutrale Impulsivität dahinter zu erkennen und auch zu kanalisieren, dann finde ich hat man es verstanden und kann gesund kompensieren.

Es sind immer die ganz persönlichen Bilder, die wir vor dem inneren, geistigen Auge entstehen lassen können. Glauben wir an diese, so werden sie sich in unseren Träumen verfestigen und unseren Geist für die Zukunft formen.

Voller Zuversicht darf ich jetzt nach vorne blicken und die gemeinsame Zeitreise durch die letzten fünf Jahre in meinem Buch ein wenig abschließen.

Das eigene Leben darf zelebriert werden, es muss es sogar!

Alles, was uns bremst oder gar zurückwirft, darf nun voller Liebe und guten Gewissens abgeschlossen und zurückgelassen werden. Das Einzige, was ich mitnehmen möchte, ist die lebendige Erinnerung an viele schöne vergangene Tage.

5:29 Uhr

Kathrin und ich haben ab dem Zeitpunkt, wo sie ins Krankenhaus kann, miteinander WhatsApp geschrieben. Die letzte WhatsApp von Kathrin habe ich um 5:29 erhalten. Es war eine WhatsApp in der nur einfach stand „Ich liebe Dich". Ich war leider bereits eingeschlafen und konnte darauf nicht antworten. Es schmerzt mich manchmal, dass sie wahrscheinlich meine Antwort nicht gelesen hat... Aber wer weiß, vielleicht doch. Es sind so schöne drei Worte, die sie geschrieben hat, die mir heute auch viel Kraft geben und auch die Gewissheit, eine tolle Ehe geführt zu haben.

...

5:29 Uhr: „Ich liebe Dich"

In ewiger Erinnerung und Liebe an meine verstorbene Frau Kathrin.

Mein Name ist Thomas Kodura und das ist nicht nur meine, sondern unsere Geschichte.

Danksagung

Es gibt Zeiten im Leben, in denen man ohne die Unterstützung der Menschen um einen herum nicht weiterkäme. Mein ganz besonderer Dank gilt meiner Mutter, ihrem Lebenspartner Franz, Ulrike und Manfred sowie meinen Geschwistern Edith und Rafael. Ihr helft mir nicht nur bei der Betreuung meiner Kinder, sondern gebt mir auch die Möglichkeit, beruflich weiterzukommen und trotz allem am Leben teilzunehmen. Eure Unterstützung bedeutet mir mehr, als Worte es ausdrücken können.

Ein großer Dank geht auch an meine Freunde. Besonders an Christiane, Luis, Sandra und Daniel – und alle anderen, die mich auf diesem Weg begleiten. Eure Freundschaft, euer Verständnis und die Momente, in denen ihr mir Mut macht, sind unersetzlich. Ihr seid für mich da, obwohl ich den Weg allein gehen muss, und dafür bin ich euch zutiefst dankbar.

Auch allen anderen, die mir auf irgendeine Weise beigestanden haben – sei es durch ein offenes Ohr, einen Rat oder einfach nur durch euer Dasein – danke ich von Herzen.